익어가는 강

시와소금 산문선 · 022

익어가는 강

ⓒ김계남, 2025. printed in seoul, Korea

초판 1쇄 인쇄 2025년 10월 15일
초판 1쇄 발행 2025년 10월 20일
지은이 김계남
펴낸이 임세한
디자인 유재미 정지은

펴낸곳 시와소금
출판등록 2014년 1월 28일 제424호
발행처 강원 춘천시 충혼길20번길 4, 1층 (우-24436)
편집 · 인쇄 주식회사 정문프린팅

전자주소 sisogum@hanmail.net
구입문의 ☎ (070)8659-1195, 010-5211-1195

ISBN 979-11-6325-098-2 03810

값 15,000원

춘천문화재단
· 이 책은 춘천문화재단의 전문예술지원사업 지원금으로 발간되었습니다.

시와소금 산문선 022

익어가는 강

김계남 산문집

시와소금

  네 번째 수필집 『익어가는 강』을 세상에 내놓을 수 있는 축복에 감사하는 마음 큽니다.

  회상하고 투정하고 감탄하고 자성하며 끝내는 감사하는 하루하루를 하늘에 고자질하여 써낸 일기입니다.
  저물녘에 돌아다보니 인생은 행복을 좇는 일보다 다행을 감사함이 더 행복하고, 하고 싶은 것, 보고 싶은 것들을 마음껏 하며 기뻐하고 표현하고 관조하며 익어가는 것이 더이다.

  미거한 글에 흔쾌히 마음을 담아 높고 수려한 격려의 글로 날개를 달아주신 대한민국 문단의 거목이신 신달자 시인님과 오정희 소설가님, 그리고 김산춘 신부님께 마음 깊이 고개 숙여 감사드립니다.

  수필집을 멋지게 엮어주신 〈시와소금〉 대표님과 든든한 지원군이 되어주신 춘천문화재단에 감사를 드립니다.

2025년 시월에
문원당에서 김계남 드림

| 차례 |

| 작가의 말 |

제1부 | 대지의 뜰

제2부 | 익어가는 강

대지의 뜰

송이

시월이 오면
온 산이 들썩인다.
윙윙윙, 남정네들
왕성한 정기의 포효소리.
한발 한발 접근하는 여인의 손끝에
감돌아드는 보석의 원근
환희다.
인간의 힘으로 만들 수 없는
고고한 신비

황홀함

　오래전부터 청아한 밤하늘에 휘영청 달뜨는 보름밤이면 문원당(세컨하우스) 가까이 자리한 남애항 바닷가 바위산으로 두둥실 떠오르는 월출을 기다리고 맞으며 황홀함에 들뜨곤 했었죠. 새삼 선명하게 떠오르는 추억의 달뜨는 밤바다를 그려보며 달려갔습니다. 기상예보는 동해안에 눈이 내린다고 했는데 낮 내내 하늘이 푸르도록 맑지는 않았지만 그럴 것 같지는 않았어요.

　늘 느끼지만 이곳에 와서 먹는 식탁 음식은 맑은 공기와 설레임 때문인지 맛도 배가됩니다. 설거지를 마친 후 지금쯤은 보름달이 얼굴을 내밀었으리라 예상하면서 동녘 문을 열었더니 시야에 온 세상이 하얗게 와 꽂혔습니다. 잘못 보았나 싶어 바깥 조명등을 켜고 보니 그새 제법 쌓인 눈 위로 목화송이 같은 함박눈이 계속 내리고 있었는데 나쁘지 않았어요. 함박눈 내리는 정월 대 보름밤의 정취가~ 달님이야 한 달에 한 번씩은 오기 싫어도 오시지만 겨울내내 뽀송하게 메말랐던 대지 위를 덮으며 내리는 함박눈은 더욱 반갑고 운치 있는 황홀한 손님이었습니다. 깊어가는 눈 내리는 밤, 은근히 내일 아침의 설경이 기대되며 설레기도 했어요. 눈 내리는 날은 거지가 빨래하는 날이라는 말처럼 기온이 아주 포근했습니다.

다음 날 아침 여명이 쪽눈을 뜨면서 서서히 한지 창살이 밝아왔어요. 급히 일어나 앞마당으로 향한 문을 여는 순간 "아아흐!" 살아 꿈틀대는 설국 천국이 눈 앞에 펼쳐지는데 말을 잊었습니다. 왕대나무와 적송, 그 속에 우뚝 선 주목 나무 위와 그리고 배롱나무에 소복하게 쌓인 설경 위로 아침햇살이 솔가지 끝에서부터 내려와 조명처럼 비추니 마치 그랜드캐니언의 홍석을 마당에 모셔 놓은 것 같았습니다. 환상의 실루엣! 바로 이런 전경을 이름하여 황홀경이라는 언어가 태동했나 봅니다. 눈이 부시고 신기하여 흥분을 가눌 길 없었습니다.

내 집 문원당 마당에서 오직 우리 두 부부에게만 연출해 주신 특별한 은총에 창조주의 권능을 찬미하며 감사가 절로 나왔습니다. 똑같은 이 순간이 다시없을, 꿈속에서나 그림 속에서나 볼 수 있을 바로 천국이 이 아침 이 순간 내 집 마당에 펼쳐진 것입니다.

이내 정신을 가다듬고 동쪽으로 확 트이게 앉은 대문을 내다보니 쌓인 눈 위로 작은댁에서 군불 지피는 아침 굴뚝 연기가 모락모락 눈밭 위에 한 폭의 수채화이며 고향의 노래였고 온 산과 들이 설경으로 무아지경이었습니다.

황홀경이란 한 가지 사물에 마음이나 시선이 혹하여 달 뜬 경지나 지경이라고 하는데 이 황홀경에 취해 들뜨다 다시는 똑같은 이 순간을 맞이할 수 없을 너무도 진귀하고 황홀한 전경을 마루에서 흥분만 하다가 겨우 사진만 찍고 잽싸게 영상에 담아 두지 못한 아둔함을 아쉬워했습니다.

한낮이 되니 따사로운 햇살에 나무마다 목화송이처럼 쌓였던 눈송이들이 다 녹아내려 그 황홀했던 모습이 사라졌습니다. 마치 세상사 우리의 모습들처럼~.

　대자연에서 보고 듣고 얻는 황홀함은 헤아릴 수도 없지만 일상에서도 우리는 수많은 황홀함을 많이 보고 듣고 느끼며 삽니다. 그것은 신이 주신 은총입니다. 아름다운 음악의 음률과 아가의 옹알이 웃음소리, 달콤한 곶감을 먹을 때나 입맛에 맞아 사르르 녹는 음식을 먹는 맛으로도 황홀함을 느끼고 기쁨과 즐거움, 진정한 사랑과 감사와 성취감에서도 황홀함에 침몰 됩니다. 때로는 꿈속에서도 황홀함을 맛보며 보고 듣고 느끼는 모든 것에 황홀함이 들어 있고 빛, 소리, 냄새, 맛, 시야에 와 꼽히는 햇살, 눈 덮인 대밭 속에서 재잘대는 새소리와 청량한 공기의 맛, 굴뚝에 피어오르는 연기와 나무 냄새를 맡을 때도 황홀해집니다. 이렇게 가끔씩 벅찬 황홀함 들이 찌들은 세포를 청정케 해 그 에너지로 토닥토닥 살아갑니다. 주님 주신 삶 안에서 찬란하고 진귀한 기회가 너무도 많이 연출 되지만 그 순간들을 놓치며 삽니다. 아무리 아름답고 황홀한 것들을 보여주고 접하게 해 주었건만 그렇게 보여주어도 그 은총을 보고 느끼지 못하면 허상의 삶입니다. 지금 나는 황홀함에 대하여 써 내려가는 이 순간도 내내 황홀하고 행복합니다.

피정避靜

건강한 삶을 영위하려면 육신의 때를 씻어내는 일도 중요하지만 마음의 때를 벗기는 일은 더욱 중요합니다. 지난해에 얻은 심신의 과부하가 아직도 남아 꽃들 피어 속삭여도 합창하지 못하고 아픈데 마침 글을 쓰며 신앙을 공유한 지인들과 찌든 일상들을 훌훌 털어버리고 피정의 길을 떠났습니다.

경기도 의왕에 있는 나자로 마을에는 말씀의 집이 있고 영혼의 쉼터가 곳곳에 있는데 오늘은 그곳에서 유명한 이태리어과 교수님의 특강이 있었습니다.

단테의 웅숭깊은 신앙의 노래, 「신곡神曲」은 잠시 흐트러진 나의 삶을 뒤돌아보게 했고 유창한 이태리어로 낭송되는 단테의 시 한 구절은 감미롭기 이를 데 없었습니다. 이탈리아에서 가장 유명한 시인 단테는 불후의 「신곡」을 만들어 냈는데 그 줄거리는 이러합니다.

단테가 숲속에서 짐승들에 가로막혀 절망하고 있을 때 시인 베리길리우스가 나타나 그를 구해주며 죽어서 우리가 거쳐야 할 지옥, 연옥, 천국을 보여줍니다. 일곱 개의 연옥과 아홉 개의 지옥을 보여줍니다. 일곱 개의 연옥은 일상에서 버려야 할 행동 몸가짐들이 다 들어 있고 아홉 개의 지옥은 범법 행위들이 가득 찼습니다.

그중에 분노는 양쪽에 다 포진되어 있었습니다. 분노보다 더 강한 것은 용서라고 합니다. 이렇게 연옥, 지옥문을 통과한 단테는 천국으로 향합니다. 푸른 숲 초원과 레테의 강이 흐르는 그곳에서 소년 때부터 사랑했던 영원한 여성상이었던 베아트릭스를 만나 그녀의 안내를 받으며 열 개의 하늘을 봅니다.

성 베르나르도의 도움으로 아베마리아의 성가가 울리는 가운데 하느님의 성스러운 얼굴을 뵙고 삼위일체의 깊은 이치를 깨달으며 지복의 경지에 이르는데 단테의 인간적 고뇌와 슬픔, 사랑, 희망이 작품에 녹아 있었습니다.

비록 이루어지지는 못했지만 그토록 사랑하는 여인의 안내를 받으며 천국을 거니는 절정이 그 어디에 있을까요. 실제 인물들이기에 더한 감동으로 빠져드는 시간이었습니다. 내가 살아가는 나의 삶이 그 어디에 속해있는지도 모르며 살아오다가 자꾸만 연옥에 속해있는 나의 일상과 지옥에 속해있는 딱 한 가지가 못내 찜찜해지면서 조금은 우울해졌습니다. 그리고는 은근히 지옥, 연옥의 안내자 베르길리우스를 밀쳐내려고 하는 자신을 발견하였습니다.

지옥과 연옥과 천국을 넘나들다 말씀의 집 뜰 아래 내려서니 마을에는 벗꽃과 매화꽃이 잔잔한 바람에 꽃비 되어 쏟아지고 어디선가 진한 꽃향기까지 날아와 심신을 정화 시켜 주는데 성당 옆 뜰 원추리밭에는 패랭이꽃 제비꽃이 끼어 앉아 유난히 맑은 햇살을 이고 고요의 산 아래에서 저희 들도 피정 중입니다. 야산 처처에는 높고 낮은 땅에 생긴 원형대로 계단과 산책길을 만들어 명상과 기도를 마음껏 할 수 있었으며 맑고 밝은 지인들의 얘기꽃 웃음꽃은 잠자던 세포를 흔들어 깨웠습니다. 마치 단테가 베아트릭스를 만나 천국을 걸었을 때처럼 행복했습니다. 한편에 고즈넉하게 자리 잡은 성당 안 제대 앞에 앉아 두 손을 모으고 눈을 감으니 고요와 평화가 온몸을 휘감아 돕니다. 천국의 안내자 베아트릭스가 살며시 모은 내 손 위를 포개며 다가와 이것이 천국이라고 속삭입니다. 천국과 지옥은 자유의지에 의해 선택되는 것, 그리고 각자의 마음 안에 있는 것임을 깨닫습니다. 온갖 스트레스와 근심, 걱정, 질병, 빈곤으로 인해 세포가 야위어 갈 때는 좋은 말씀과 아름다운 대자연을 통해 생각과 발상의 전환으로 힘을 얻고 내 안의 나를 지킬 수 있는 힘을 키웁니다.

피정은 잊었던 나를 찾을 수 있는 통로입니다. 오늘따라 더욱 청 빛 하늘이 잿빛 나의 시야를 걷어내어 상쾌한 목욕을 합니다. 마치 쪽빛 하늘이 잿빛 바다를 걷어내듯이~.

하, 맑아라 천상의 빛

내 어릴 적 봄날 고향 집, 모래가 살짝 깔린 흙 마당에는 갓 깨어난 노란 병아리들이 개나리꽃 잎 흩어진 듯 뛰어놀았다. 까마득한 세월이 스쳐 간 오늘, 문원당 마당에는 노랑 병아리들은 없지만 담장 밑에 사는 작은댁 외손주들이 다니러 와 인人꽃으로 조잘대는 봄날이다.

달래, 냉이, 꽃다지는 벌써 피어올랐고 손바닥만 한 채소밭에 거름도 주고 상추, 고추, 토마토 심을 둑도 만들어 놓을 겸 정리를 하고 남편은 나무들 손질과 마당에 풀도 뽑고 있었다. 대문께서 네 살배기 작은댁 외손녀 딸 아기가 무엇인가를 너무도 소중하게 조가비 손을 받쳐 들고 아직 기저귀를 떼지 못한 궁둥이를 아그작거리며 꽃봉오리 같은 입가의 미소로 남편에게 다가와 무엇인가를 건네며 "할아버지, 선물이에요!" 귀에 속삭이듯 건네준다. 앙증맞은 손안에는 바로 민들레 홀씨 한 대궁이었다. 꼭 쥐어졌던 대궁이에는 아기의 손 체온이 따뜻하게 아직 가셔지지 않았는데 그 홀씨가 할아버지 손에 도착하기 전에 날아갈까 봐 "아구! 아구!" 하며 조심스럽던 입 봉오리 표정이 할아버지 손에 쥐어지던 순간 활짝 열리며 터트리던 웃음소리는 눈부시게 비치는 햇살,

세상에 둘도 없는 아기천사가 쏟아내는 빛의 축포였다.

아기 못지않게 너무도 감동먹고 함께 날아갈까 봐 조심하며 건네받는 할아버지의 얼굴도 그 순간만큼은 아기와 꼭 닮은 은빛 천사였다. 손주도 장성하고 아이들 보기가 아슴한 이 봄, 아기 천사의 이런 선물 받아보는 일이 조금은 생경스런 할아버지는 그 아기의 표정 행위가 영원히 잊혀지지 않고 꺼내 볼 때마다 세포를 정화 시키는 듯 되뇌기를 한다.

이런 감동이 아직 식지 않은 채 찾아온 지난 가을날, 온 세상을 한여름 동안 푸르름과 그늘을 만들어 주었던 벗나무 잎과 은행잎들을 가을 궂은비가 마구 흔들어 온통 땅은 젖은 낙엽으로 구르몽의 시가 되었다.

아직은 그 고운 단풍 빛깔로 정취를 구가할 만도 하건만 가을비는 예지 없이 흔들어 땅을 붉고 노란 융단으로 깔아 놓았다. 우리 아파트 길에도 내린 비에 고운 단풍잎들이 깔려 있었다.

노란 우산 속에 아주 가냘프게 생긴 여자 아기 하나가 단풍잎 앞에 쪼그리고 앉아 뭐라고 속삭이고 있었는데 뒤에는 외할머니가 서서 아기의 모습을 지켜보고 있었다. 쪼그리고 앉은 모습이 하 귀엽고 궁금해서 다가가 "아기가 뭐라고 하나요?" 하고 물었더니 "나뭇잎이 너무 가엽다고 하네요!" 한다. 아기의 표정은 아주 심각하고 울 것만 같았다. 우수수 떨어진 낙엽 위를 그냥 무심하고 무감각하게 더러는 귀찮아하며 더러는 살짝 서정을 부르며 밟으며 오가는 사람들 속에서 이 맑고 고운 아기천사는 또 한 번 감동과 성찰의 메시지를 안겨 준다. "너의 마음을 무디게 가지지 말아라!"라는 외침을 듣는 내 앞에서 아기 외할머니는 땅에 달라붙어 앉아있는 외손녀 아기를 달래며 집으로 들어가고 있었다. 햇살 같은 어여쁜 아가의 뒷모습을 한참 주시하는 순간 한 희망의 빛을 보았다.

　단풍도 다 지고 초목들도 물기를 걷어 들이고 온갖 곡식 단 추스르는 늦가을 햇볕은 따가울 정도로 영글었다. 들깨 단을 마당에서 터는 딸 오 형제를 둔 외할머니 집에 외손주들이 왔다. 외할머니는 외손주들의 전유물이 된 세상 같다. 손주를 봐주는 할머니는 거의 외할머니가 주를 이루는 시대가 됐다.

　꼬마들의 외갓집 안방에는 괘종시계 하나가 걸렸는데 시계추가 멈춰 있었다. 늘 바쁜 외할머니는 시계 밥줄 시간도 없었는데 마침 안에서 놀고 있는 다섯 살짜리 외손녀에게 마당에서 방망이로 들깨 단을 두들기며 "숙이야! 시계 밥 좀 줘라!"하고 일렀다. 외손녀는 "네! 할머니!"하고 시계를 쳐다보니 밥을 먹일 입이 없다. 입을 찾기 위해 외할머니가 늘 쓰는 재봉틀 의자를 받히고 올라서서 옆에 부착돼있는 문□을 찾았다. 그리고는 만면에 웃음을 머금고 부엌으로 한달음에 달려가 밥솥에서 밥 한 숟갈 떠다 까치발을 하고 시계 안에 넣었다.

　할머니가 들어 보니 아직도 시계추 소리가 들리지 않아 또 재촉을 한다. 소리를 한 톤 높여 "숙이야! 시계 밥 줘라!"하고 소리치니 "네! 할머니! 시계 밥 줬어요!"한다. 밥을 정성으로 주었건만 기척 없는 시계를 안타깝게 쳐다보며 새촘하게 웃고 섰는 아이를 보고 시계 속의 하얀 밥이 하얗게 웃고 있다.

　벗고 벗으면 아이로 돌아가 질까

누더기든 정장이든 어른의 옷을
　(중략)
미운 일곱 살이라 좋아라, 아이로 돌아갔으면
제 손바닥 크기로 세상을 사는 아이로

　　— 유안진, 「아이로 돌아가서」 중 일부

　어느 지인의 아기는 발 저림을 경험하고 발가락이 웃는다고 표현했다. 태반 시인들이다. 태초에 창조주가 만든 사람은 바로 이 어린이들 같았다.

　맑은 웃음, 인정, 사랑, 순수, 창의였다. 어떻게 하면 아이로 다시 돌아갈 수 있을까. 어른들은 절대로 연기할 수 없는 이들의 영역의 세계로~.

　순진무구하고 아름다운, 그래서 저절로 입가에 탄복의 미소를 짓게 하며 희망을 속삭여 주는 어여쁜 이 아이들! 세상의 빛이다. 막혔던 숨통과 가슴을 꽃잎 같은 웃음으로 활짝 열게 하는 이런 천사들이 세상을 정화 시키고 또 눕지 않고 일어나 뛰고 날며 살아가게 하는 희망의 빛이며 꿈을 꾸게 하는 생명의 원천이다. 겨우내 쌓였던 눈 속에서 푸시시 부풀어 오른 마당 흙을 꼭꼭 밟아 주었더니 차분하게 가라앉은 모래땅이 따사롭게 비치는 햇살에 반짝이며 새봄은 또 깊은데 역병으로 거리에서나 시골길에서나 사람을 볼 수가 없다. 이 천사들은 더욱 보기 어렵다. 인간들이 대책 없이 저지른 병든 지구가 이 땅에까지 창궐해서 눈,코,입을 막고 살아가야만 하는 그 속에서도 꽃은 피고

지는 아름다운 계절에 어디에 가야 언제쯤에나 또 저 천사들의 웃음, 몸짓, 재잘거림, 사랑이 흐르는 속삭임을 듣고 볼 수 있고 맞이할 수 있을까. 지구가 웃어야 아이도 세상도 웃는다. 그 천진무구한 천사들의 희망의 속삭임이 변하지 않고 영원히 간직되어 살아갈 수 있도록 보장해 줄 수 있는 어른들이고 세상이 도래하기를 간절하게 신에게 기도해 본다.

풍돌이와 풍순이

　푸르디푸른 산으로 둘러싸이고 알알이 곡식들이 익어가는 밭들이 한눈에도 시원한 심산유곡, 하늘도 유난히 청명한 높은터(마을이름)에 나는 통나무 휴게실을 겸비한 전통 불한증막을 운영하고 있다. 청정한 대자연 속에 시설물을 지어놓고 보니 마치 나들이옷을 잘 차려입고도 핸드백이 없는 허전한 느낌이 들어 동물을 썩 좋아하지는 않지만 풍산개 한 쌍을 식구로 맞았다. 개의 이름은 풍산개 '풍' 자를 넣어 수놈은 '풍돌이' 암놈은 '풍순이' 라 지어 부른다.

　생후 일 개월 된 녀석들을 받아 기를 때 시간 가는 줄 몰랐다. 눈부시도록 희고 윤기 흐르는 털을 가진 강아지들이 마당 풀밭을 뛰어다니는 모습이 그렇게 사랑스러울 수가 없었다. 한증막에 오는 손님들에게도 인기 만점이었다.

　하루가 다르게 쑥쑥 자라는 풍산개는 양쪽 귀가 쫑긋 서 있고 꼬리가 똬리를 틀어 위로 힘차게 올라가 있다. 늘 당당하게 고개를 빳빳이 세우는 그들의 모습을 보니 과연 씨가 틀려도 틀린 놈들이라는 생각을 갖게 한다.

　풍순이는 주는 대로 잘 먹지만 풍돌이는 식성에 맞지 않으면 면전에서 '흥!' 하는 식으로 고개를 싹 돌려버린다. 식사 서열은 감탄스럽다.

밥을 주면 언제나 풍돌이가 먼저 다 먹은 다음에 기다렸던 풍순이가 먹는다.

어느 날 수풀 속에서 '바스락' 하는 소리와 동시에 풍돌이가 총알같이 뛰어나가더니 무언가를 입에 물고 돌아와 발아래 내려놓은 것은 몸집이 꽤 커다란 들쥐였다. '한 방에 끝냈어!' 라는 듯이 늠름하게도 발로 들쥐를 툭 밀어낸다. 감탄하면서 칭찬해 주면 꼬리를 살짝만 흔든다. 좀 더 자라서 자꾸 불러 가보면 장작더미 위에 올라가 자랑하는데 어떤 때는 닭도 있고 또 어떤 때는 먹다 남긴 고라니 시체도 있다. 한증막에 오는 손님들은 분홍색 가운을 입는데 누가 가르쳐 준 듯 분홍색 가운을 입은 손님들에게는 짖지도 않고 오히려 꼬리를 흔든다. 집집마다 한두 마리의 개를 기르고 있는 마을인데 풍돌이에 대적하는 개는 한 마리도 없다. 한번은 풍돌이가 주차장 마당에서 동네에서 가장 큰 개를 가로 눕혀놓고 오른쪽 앞발로 가로질러 누르며 꼼짝도 못하게 하고 있는게 아닌가. 깜짝 놀라 풍돌이에게 달려가 다정하게 말했다.

"풍돌아! 그냥 놔줘! 아이구 우리 풍돌이 착하지!"

풍돌이는 간절하게 부탁하는 나를 빤히 쳐다보더니 오른쪽 앞발을 마치 사람이 팔을 풀듯이 슬며시 풀어준다. 잡혔던 큰 개는 꼬리를 내리고 몸을 슬그머니 빼더니 그만 줄행랑을 친다. 개도 IQ가 있다는 말 빈말 아니다.

지난겨울, 살을 에는 듯한 주위가 맹위를 떨치던 날, 풍돌이가 풍순이만 둔 채 사라져 버렸다. 한 이틀까지는 곧 돌아오겠지 하며 걱정 없었는데 일주일이 지나도 열흘이 지나도 돌아오지 않았다. 온 식구가 총출동해서 찾았지만 풍돌이는 찾지 못했다. 온갖 나쁜 상상이 다 들어 발을 동동 굴렀다. 풍돌이가 집을 나간 지 스무날이 되던 날은 눈이 펑펑 내리고 있었다. 눈은 곧 산천을 하얗게 뒤덮었다. 순백의 들판 위에 무언가 움직임이 있어 그곳을 오랫동안 바라보았다. 자세히 보니 우리 집으로 풍돌이가 털레털레 걸어오는 것이었다. 나는 달려가 풍돌이를 안았다. 털은 온통 망가져 말라붙은 피와 땀으로 얼룩져 있었고, 눈도 짓물러 있었다. 그동안의 행적을 추적해 봤더니 산속에서 땅굴을 파고 살면서 고라니를 잡아먹고 민가에 오리도 채어간 모양이었다. 풍산개 사냥 본능이 살아났던 것일까? 들개처럼 거칠게 살았던 것이었다. 그러다가 눈이 쌓이니 먹을 것도 없어 집으로 온 것이다. 물을 데워 목욕을 시키고 따뜻한 고깃국을 끓여 주었다. 그리고는 풍돌이에게 쇠줄을 걸어주고 근신에 들어가게 한 다음 날, 오리 주인이 오리 집을 트럭에 싣고 오리 값을 받으러 온 것이었다. 열 마리의 오리 값을 고스란히 그동안 그놈이 누려 주었던 평화의 몫으로 치렀다. 풍돌이는 겨울이 갈 때까지 묶여 살았고 풍순이는 봄이 시작되면서 교미 기미를 보이기 시작했다. 풍돌이는 집적거리고 풍순이는 거칠게 거절을 한다. 둘은 남매간이었다. 드디어 수놈 진돗개와 교미가 이루어졌는데 풍돌이의 행동이 기가 막혔다. 교미가 진행되는 동안 경계근무를 서는데 어떤 사람이나 개들도 근접을 못하도록 사납게 굴었다. 주위를 평정한 후에는 멀리 언덕 위에서 교미 정경을 내려다보고 있었다. 교미가 끝나자마자 풍순이 상대였던 진돗개를 쏜살같이 달려가 물어뜯으며 쫓아버렸다. 평소 무엇이든 내키는 대로 살던 풍돌이가 놀랍게도 풍순이의 교미 이후로는 아주 철저하게 풍순이를 보호했다. 한증막 주변을 순찰하듯 돌면서 어떤 개도 접근 못하게 보초를 서듯 보호하였다. 먹는 것도 잠자리도 풍순이가 먼저 하도록 배려했다. 그로부터 이개월 후에 풍순이가 새끼를 낳았다. 생명의 달인 오월, 그것도 어린이날에 새하얗고 앙증맞은 수놈 세 마리를 세상에 풀어놓은 것이었다. 신비로웠다. 우리는 새 식구들을 위해 둥지를 넓게 만들어 주었다. 그러자 풍돌이와 풍순이는 신이 난 듯 더욱 새끼들을 금쪽같이 보살폈다. 풍돌이는 풍순이가 젖을 먹일 때면 귀를 쫑긋 세우고 주변을 살폈고 풍순이는 쉴 새 없이 새끼들을 핥아주었다. 새끼들을 품 안에 넣고만 지내던 풍순이가 오늘따라 들판을 서성거린다. 평소 같으면 '풍순아!' 하고 부르면 꼬리를 흔들며 다가오던 녀석이 아무리 불러도 오지 않는다. 그래서 개 우리 안에 있는 새끼 한 마리를 꺼내 드니 쏜살같이 달려와 새끼를 입에 물고 들판으로 달려간다. 깜짝 놀라 쫓아가 보니 비상 대피용 같은 땅굴을 제법 길고 깊게 파놓았다. 물고 온 새끼와 함께 그 안에 들어앉는다. 오! 하는 감탄사가 절로 나왔다. 놀라운 모정이다. 집을 새로 지어 주면서 천정에 투명한 비닐판이 얹어졌는데 들어갈 때마다 거울처럼 눈에 비치어 외부 침해 요인으로 보여졌던 모양이다. 위험을 느껴 안전한 곳으로 도피처를 마련하고 새끼들을 이사시킨 것이다. 천정 비닐판을 제거해 줬더니 바로 제집으로 귀환했다. 풍돌이와 풍순이를 통해 생명의 존귀함을 다시금 배운다. '개만도 못한 사람' 이라는 표현도 있듯이 지금 인간들은 잉태된 생명을 수술대 위에서 아무 죄의식 없이 끊어내기도 하고 핏덩이를 낳고서도 버리거나 방치하며 하늘 무서운 줄을 모른다. 우리는 저 말 못하는 짐승한테 부끄러움을 느껴야 할 오늘의 세태에 살고 있다.

눈먼 천사

　얼굴도 성격도 동글동글하게 생기고 노래도 곧잘 부르는 소꿉친구 화자는 눈먼 언니를 하나 두었다. 태어날 때부터 눈이 먼 화자 언니는 땋은 머리가 허리까지 치렁했고 못하는일이 없었다. 마음도 비단결 같고 늘 웃음을 잃지 않는 처녀였다. 나는 자주 즐겨 화자네로 달려가곤 했다. 별나게 재미있는 일은 없었지만 눈먼 화자 언니의 일거수일투족을 호기심으로 바라보는 눈은 반짝였고 마치 신기한 요술을 보는 것처럼 흥미로웠다. 눈을 감고도 뒷방에 무엇이 어디에 있는지 다 찾아내고 밥때가 되면 능청스러울 정도로 제일 먼저 부엌에 나가 가마솥에 장작불을 지피고 콩 탕도 구수하게 끓여내면 난 그들 옆에 끼어 앉아 맛나게 먹곤 했다. 그들이 사는 오막살이 작은 집은 앞마당 끝에 쌓아 올린 돌담장 밑이 바로 개울이다. 희고 깨끗한 자갈 위로 흐르는 냇물은 그냥 퍼마셔도 되게 맑았다. 아니, 화자네는 실제로 그 물을 식수로 쓰기도 했다. 화자 언니는 그 냇가 빨래터에서 방망이질로 물을 튕겨가며 광목 이불 빨래도 잘했다. 그럴 때면 화자네 집에 들어서면서 나는 살금살금 작은 돌을 찾아 마당 끝에서 빨래터로 향해 퐁당! 던져보곤 했다. 그럴라치면 화자 언니는 내 발자국 소리만 듣고도 나를 알아보는 듯, 손으로 물 사래를 저으며 "너 까불래!" 하는 것이었다. 그녀는 길쌈도 잘했다. 삼베옷을 짜는 실을 만들기 위해 마 껍질을 찐 다음 아주 고르게 쪼개어 실을 이어 붙이는 일인데 눈 뜬 이들보다 더 고르고 곱게 다듬어 내려 고운 삼베를 짜게 했다. 어느 화창한 초여름 날이었다. 학교에서 돌아온 난 깡충거리며 화자네 집으로 향했다. 농사철에는 거의 문이 열려있는 토담집 안방을 기웃거리며 헛기침을 하면 화자 언니가 금방 나를 알아채고 햇살 같은 인사를 건네었다. 친구인 화자가 없기에 그냥 뒤돌아 나오다가 문이 활짝 열린 부엌을 통해 뒷뜰이 내 눈에 들어왔다. 그토록 그 집을 드나 들었지만 뒷 뜰은 처음 본 것이다. 부엌으로 살그머니 들어가 봤더니 거긴 바로 숨어있는 딸기밭이었다. 붉고 큰 딸기는 내 눈을 휘둥그러지게 했고 딸기 줄기엔 딸기꽃들이 초롱초롱 지천으로 피어 흐드러졌었다. 산딸기만 딸기인 줄 알았던 난, 너무도 먹음직스럽고 탐스런 딸기 앞에서 넋을 잃었다. 견물생심이라 제일 크고 붉게 익은 놈 하나를 따서 입에 넣었더니 새콤달콤 사르르 녹는다. 서너 개를 더 따서 손에 쥐고 일어서려 할 때였다. 화자 언니의 "누구냐!"하고 외치는 소리와 함께 난, 돌담 장을 기어올라 담장 밖 길로 뛰어내렸다. 착지와 함께 손에 쥐었던 딸기는 손안에서 뭉개져 딸기 피가 고였고 다리는 절룩거렸다. 어리고 작은 내 몸집으론 그 담장이 얼마나 높았는지 모른다. 가슴은 두근두근 내 생애 처음 먹어본 딸기 서리 모험은 두고두고 내 유년의 추억 한 끝에 웅크리고 앉게 되었다.

어쩜 난, 어린 마음속에서도 눈먼 화자 언니의 존재를 의식하지 않았던 모양이다. 만약 화자 언니가 눈이 멀지 않았다면 딸기밭까지 가지도 않았겠지만 들켰을 때 화자 언니는 아마도 소리를 치며 담장 밖까지 쫓아 나왔을지도 모른다. 딸기밭 이야기를 들으신 할아버지는 이듬해 텃밭에다 아주 넉넉한 딸기밭을 만들어 주셨고 우리 가족은 해마다 그 맛난 딸기를 실컷 따먹을 수 있었다.

그 후 화자네 출입이 한참 뜸해졌다. 화자 언니는 딸기 서리 범인이 나였음을 알고 있었는지? 어쩜 모르는지 아니면 모른 척하는지는 알 수 없었다. 얼마 후 두려운 가슴을 안고 그녀의 집 마당을 들어섰을 때 그 특유의 밝고 환한 웃음으로 반겨주던 화자 언니는 내게 마냥 편안함을 주었고 나는 마치 면죄부라도 받은 듯 안도의 숨을 길게 내쉰 후 금방 살가워졌다. 눈이 멀면 듣는 청각과 만져서 알아내는 촉각이 일반인들보다 몇 배로 발달되어 있다는 사실을 아주 오랜 후에야 알게 되었다. 그렇게 살아오던 어느 겨울날, 화자 언니가 보이지 않았다. 사연인즉 윗마을에 사는 화자 아버지뻘 되는 분이 슬하에 아들이 없어 씨받이로 데리고 갔단다. 달려가면 늘 화들짝 반겨주던 화자 언니가 너무 궁금했다. 화자를 앞 새워 어느 날 마을에서 그리 멀지 않은 그 집을 찾아가 보았다. 화자 언니는 조건이야 어찌됐던 첫머리 올렸다고 마치 갓 시집온 새색시처럼 한복을 입고 일을 하고 있었다. 자기 집에서야 길들여진 곳들이니 행동이 숙달되어 자유롭게 생활할 수 있었겠지만 전혀 낯선 집에서 물동이를 이고 더듬거리며 부엌 문턱을 들어서던 모습이 아직도 안쓰러움으로 남아 밟힌다. 얼마나 힘들었을까? 장애를 안고도 부모의 결정에 한 번 반항도 없이 순응하며 현실을 그대로 받아들이는 지혜로운 본능 앞에 신의 오묘한 섭리마저 느끼게 한다. 변함없는 화자 언니는 맑은 웃음으로 반겨 맞아주었다. 화자 언니는 그 후 운명처럼 아들을 낳았다. 그러나 나이 차이가 거의 시어머니 같은 본부인이 잘 보살펴주지 않아 아들을 품에 안고 친정으로 돌아와야 했다. 그러나 화자 언니는 몸도 마음도 건강했다. 아이는 건강하게 농익은 엄마 젖을 빨며 눈먼 엄마의 무릎 밑에서 튼실하게 잘 자랐다. 아이에게 젖을 물린 화자 언니는 너무나도 행복해하는 모성 본능을 보여주고 있었다. 아이 아버지는 나이 들어 곧 죽었고 그녀는 고스란히 아이를 떠맡아야 했다. 이쯤 되면 한 번쯤은 신세 한탄 넋두리라도 해보련만 그녀는 성내지 않고 원망도 하지 않고 웃음도 잃지 않았다. 흐르는 시간 속에 태산 같았던 부모님은 돌아가셨다. 동생들과 아들도 다 각자 자기 길들을 떠났고 현실은 냉정했다. 그러던 어느 해, 일자리를 찾아 헤매던 건장한 한 남자가 화자네 집을 객주 집처럼 드나들다가 정이 들어 가정을 이루게 되었으니 바로 천사에게 내린 신의 축복이랄까, 둘이는 서로 아끼며 사는 듯했다. 그 후 난, 고향을 떠났다. 그들과 헤어진 지가 이십 년은 될 성싶은 어느 날, 전화 한 통이 울려왔다. 바로 내 유년의 친구 화자였다. 물론 화자도 반가웠지만 눈먼 화자 언니의 안부가 더 급했다. 지금쯤은 그 남자도 떠나버리고 혼자이겠지? 했던 내 생각은 기우였다. 화자의 대답은 "우리 언니가 형제 중에 제일 사랑받고 잘 살아!"하는 것이었다. 그 남자는 눈먼 화자 언니를 지극정성으로 돌보며 단란한 가정을 꾸미었단다. "내가 돌봐주지 않으면 저 사람을 누가 거두어 주겠느냐"던 그 남자는 분명 성자였다. 정말로 그들은 행복의 파랑새는 마음속에 있다는 진리를 마치 증명이라도 해주는 듯, 잉태된 생성의 아픔을 희열로 꽃피우고 있었다.

한평생을 눈을 감고도 마음의 평화를 누리며 자신뿐만 아니라 주위의 모든 이들에게도 평화와 웃음을 주는 그녀는 성녀였다. 눈먼 화자 언니를 통해 신은 죽지 않았음을 확인했고 또 나는 나를 냉철하게 시추해 볼 수 있었다. 신이 주신 축복을 얼마나 감사하며 살았고 주어진 삶을 얼마나 성실하게 열심히 살아왔는지? 모든 존재는 신의 섭리에 따라 역할을 충실히 하고 행복했던 고통스러웠던 서서히 마무리할 준비를 해야 한다. 눈 뜬 소경으로 살아온 듯한 내 삶이 아름답고 붉게 물들어야 할 저녁노을에 회색 구름을 쏘아 올린 듯싶어 마음이 그리 개운치만은 않았다. 사람으로 세상에 태어나 이웃에게 사랑과 평화를 주는 일이 그리 쉬운가. 하물며 눈을 감고도 모든 이에게 평화와 소망을 품게 하는 아름다운 그 사람. 난 가끔 마음이 무거울 땐 내 유년의 화자 언니를 그려보면 어느새 가슴은 아름다운 평화로 고요로워진다.

변신變身

해마다 작은 텃밭에 야채 모종을 심고 그 자라는 모습에 생명의 신비함과 작은 희망의 싹을 돋우며 지낸 지가 제법 연륜이 깊다. 올해도 낮에 심으면 뜨거울까 봐 산 그림자 마을로 내릴 녘에 늘 했던 것처럼 상추와 고추의 모종을 심고 물을 듬뿍 주었다. 모종을 하고나면 밋밋했던 밭이 비록 가냘프긴 하지만 푸르름으로 변한 아름답고 숭고한 모습에 절로 미소가 번진다. 싱싱한 야채와 과일을 즉석에서 따먹을 수 있는 싱그러움을 생각하면 특별한 축복과 감사로움에 젖고 충만한 여백의 기대까지 얹어온다. 다음 날 아침, 물을 듬뿍 먹였으니 모종 들이 고개를 세웠으리라 생각하며 눈 뜨자 바로 밭으로 나갔다.

모종 잎이 하나도 남김없이 잘려 나갔다.

이 무슨 은밀한 기쁨 속의 함정이련가. 알아보니 고라니 짓이라 한다.

여태껏 이런 일이 없었는데 이 작은 텃밭, 집 앞까지 출몰하리라고는 생각 못 했다. 며칠 후 주변을 다소 변경 정리하고 새로 모종을 정성스럽게 이식했다.

그런데 다음날 또 모두 잘려 나갔다. 무수히 맞는 잔파도가 큰 파도도 이겨내는 선장을 만든다지만 은근히 약이 올랐다. 또 한편으로는 짐승들이 먹을 것이 너무 없어서인가 싶어 내심 측은지심도 들었다.

지난 어느 해 한 이 년 동안 마을 주민 하나가 산 밑 과수원과 고구마밭에 고라니를 쫓기 위해 화약 포를 쏘아 댔던 일이 있다. 그 고요롭고 평화로운 마을, 밥이 없어도 별을 먹고 사는 청정마을에 하루종일, 그리고 밤까지 주기적으로 터뜨리는 소음공해는 트라우마까지 생기게 해 문젯거리로 대두되어 마을 사람들의 원성에 중단되었던 일이 있었다. 그때 받은 그 트라우마가 너무 심해 미움이 영원토록 가셔지지 않을 정도였는데 이번에 고라니에게 당하고 보니 이해가 조금은 가면서 마음속 응어리진 빙점이 다소 좀 풀렸다. 그러나 타인에게 피해를 주면서까지 하는 처방은 존엄한 행복추구권을 앗아가는 범죄행위이다. 그분이 행위를 바꾸기까지는 물리적인 제재가 가해졌기 때문이지 끝까지 스스로 깨닫지 못해 아쉬움을 남겼었다.

　모종 농원에다 사연을 얘기했더니 고라니가 좋아하는 식물이 있는데 그중에 상추를 제일 좋아한다면서 다른 모종을 심어보란다. 고라니가 싫어하는 모종이 참외, 수박, 토마토란다. 바로 세 가지 모종을 사고 케일과 가지를 곁들였다. 참외 수박 모종은 팔고 사 먹는 상품으로 전문적인 밭에서만 심고 자라는 줄 알았다. 모종 농원 주인 말대로 이번엔 고라니 밥이 안 되고 금방 줄기를 뻗어 영역을 아주 넓게 자리하고 자라 주어 희망은 과연 나를 부끄럽지 않게 했다.

　그 무렵 어느 젊은 신부님께서 건강이 안 좋으셔서 20여 일간을 내 집 문원당에서 쉬시게 되어 집을 비워드리게 되었다. 나날이 채소들이 익어가는 동안 약속된 일정을 마치고 신부님께서 떠나시는 날 돌아와 보니 푸른 참외가 주렁주렁 열렸고 수박도 제법 몸뚱이를 키웠으며 토마토도 주렁주렁 열려 텃밭은 대변신 중이었다. 신부님께서 밭 외곽까지 줄기를 뻗은 순들을 위해 지지대를 세워서 줄기가 올라가 풍성한 열매가 자리매김한 그 또한 이 텃밭은 대변신이었다. 한여름 눈부신 빛의 순환 속에서 참외는 금방 황금색으로 익어갔다.

수박은 줄무늬 제 모습을 들어내며 익어갔고 토마토도 여름내 사 먹지 않고 충분히 자급자족할 수 있도록 풍성했다. 참외 맛이 얼마나 달콤한지 시중에서 파는 것과는 맛과 향이 다른데 마치 어린 시절 원두막에서 따 먹었던 그 맛이 났다. 텃밭에는 비료나 인공 거름도 없이 오직 흙에 가미한 것은 재래 아궁이에 소나무를 지핀 재를 갖다 뿌려준 것밖에 없는데 아마 그 요인으로 천연 소독이 되어 색깔과 모양도 그리 충실하게 여물지 않았나 싶다. 익은 참외를 신부님께 맛보기로 보내드리고 방문하는 지인들께 대접하고 또 선물로 싸주기도 하며 여름내내 과일을 사 먹지 않고 밭에서 농익은 것으로 그때그때 따먹을 수 있는 이 충만함과 축복을 어디에다 비기랴. 거룩하다는 것은 큰 것만이 아니라 이렇게 살아가는 일상의 소소한 일들과 실천이 아니겠는가. 완고한 일상의 변신도 쉽지는 않지만, 마음의 변신은 더욱 어렵다.

그렇게나 화약 포를 쏘아 대던 마을 주민이 마침 동네 반장이 되었다. 무지와 이기심으로 이전에 소리가 듣기 싫으면 이사 가라던 사람이 무섭게 변하기 시작했다. 깨달음은 모든 것을 놓아 버릴 때 찾아온다. 이번엔 물리적인 힘에 의해서가 아니라 본인 스스로 집착하던 자신의 이익은 내려놓을 줄 알기 시작했고 반원들의 민원에 귀 기우리고 힘든 노약자 가정도 지극히 챙기며 가가호호에서 필요로 하는 일이라면 인적 물적 봉사를 아끼지 않으며 완전히 다른 생활 모습으로 변했다. 환경 여건과 맡은 역할의 영향력도 일조했겠지만 지난 시절 행했던 행위에 미안함도 비치며 이처럼 대변신의 주인공이 되리라고는 상상을 못했다. 지금은 아주 살가운 대,소사의 지원군이 되어 주는 덕행으로 그동안 은근히 쌓이고 묶였던 매듭이 풀리고 바라볼수록 고맙고 존경스러웠다.

한 사람의 변신으로 인해 서로 바라보는 눈빛들이 달라졌고 믿음까지 배가 되었다. 지천명의 나이가 되고 구순을 바라보아도 아집과 알아주지도 않는 권위와 노욕을 버리지 못하고 주변을 어둡게 하는 사람들도 얼마나 많은 세상인가.

그런 사람들에게는 대게 결핍이 들어 있음을 본다. 세상에서 가장 먼 여행길이 머리에서 가슴으로까지 내려가는 여정이라고 한다. 그만큼 사람 마음의 변신이 어렵다는 말일 것이다. 변신은 용기가 필요한 동시에 모험을 동반한다. 나쁜 영향력의 변신은 해악을 가져다주지만 선한 영향력의 변신은 이처럼 아름답고 풍요로움을 주고 모든 이에게 큰 울림을 준다. 살다 보면 때로는 화가 복이 되는 수도 있다. 고라니로 인해 엮어진 실타래들이 아름다운 향기로 풀어지고 또 이처럼 내 안에 삶의 황금 바람을 누릴 수 있음은 포기하지 않고 생각의 발상과 전환을 꾀했던 집념의 발로와 더하여 푹 빠져보는 *덕질은 살아가는데 에너지원이 되기도 한다. 삶은 늘 새롭게 태어나는 신비의 연속이다.

* 덕질 : 자신이 좋아하는 분야에 심취하여 관련된 것들을 모으거나 파고드는 일.

대명천지가 밝아오다

　중학교에 들어간 어느 날, 흑판 글씨가 흐려 보이기 시작했다. 급기야는 안경점을 찾아 시력을 재었더니 약시라고 했다. 처음 안경을 끼고 보니 너무도 밝아 눈이 부셨고 급기야는 오래지 않아 어지러움을 동반했고 또 안경을 끼는 일이 안 낀 일보다 불편해 그냥 방치해 버렸다. 학교에서 흑판 글씨만 불편했지 생활에는 그리 불편을 못 느꼈기 때문이다. 대학 강의까지도 보고 필기하는 위주가 아니라 듣고 필기하는 위주의 공부로 그래도 무난히 할 일 다 했으니 스스로 천재구나 하는 생각으로 피식 웃기도 했다. 멀리 있는 물체가 잘 보이지 않았으니 우선 사람들을 빨리 알아볼 수 없었고 또 한두 번 만난 사람들은 잘 기억이 안 나기도 해 오해를 사는 일도 있었지만 안경을 쓰면 신체의 내·외면이 다 불편해서 불편한 대로 살던 중에 현대의학의 발달로 렌즈가 나오게 되었다. 서울 안과 전문병원을 찾게 되었다. 렌즈도 딱딱한 하드와 부드러운 소프트로 구분되어 있었다. 시력검사를 세밀히 한 후 소프트 렌즈를 착용했는데 어지럽지도 않고 전·후·좌·우 모두 행동반경에도 내 원래의 눈과 똑같은 상태로 대명천지가 밝아왔다. 마주한 상대편의 작은 점 하나까지 또 거울로 보는 나의 모습도 멀리서까지 선명하게 볼 수 있고 그동안 눈이 나빠 하지 못했던 서예도 획

하나 끝자락까지 놓치지 않고 잡을 수 있었다. 그러나 저녁 잠자리에는 렌즈를 빼고 아침엔 또 끼워야 하는 번거로움이 있었다. 생활의 불편함이야 차치하고서라도 육 개월에 한 번씩 렌즈를 갈아야 하는 일은 비용도 만만찮았다. 시력이 좋은 사람들을 보면 부러웠고 밝은 눈을 가지고도 못하는 일이 많은 사람들이 이해가 가지 않았다. 눈만 밝으면 못 해낼 일이 없을 것 같았다. 거의 사십여 년을 그렇게 살다 보니 렌즈는 내 몸의 일부였고 익숙할수록 무디어져 심지어는 렌즈를 착용했는지 안 했는지가 분간키 어려운 지경에 이른 즈음. 눈물샘이 마르면서 눈에 이상이 오기 시작했다. 흐리고 점점 더 기능이 마비되기 시작하더니 백내장 증상이 감지됐다. 아! 이젠 렌즈도 착용할 상황이 못 되나 보다. 백내장 수술은 뿌옇게 보이는 증상만 없어지는 줄 알았다. 아직은 눈을 많이 써야 하는데 어떻게 살아야 하나 싶어 세월의 미련에 가슴이 먹먹했다. 진료를 마친 안과 주치의가 백내장 수술 처방을 내렸다.

근시가 아닌 사람들은 수술만 받으면 세상천지가 밝아 온다지만 나는 예외인 사람 같아 "선생님! 수술 후에도 렌즈를 착용할 수 있나요?"하고 물었더니 "렌즈를 왜 해요! 안경만 준비하면 됩니다. 아주 가벼운 안경!" 한다. 믿기지 않았다. 다 내려놓는 마음으로 수술이 시작되었는데, 한쪽은 잘 되었고 근시가 심한 왼쪽 눈은 사흘 후에 재수술을 받았다. 눈을 뜨니 렌즈도 안경도 없이 주위가 환하게 밝아왔고 가까운 주변은 명료하게 잘 보이는데 원거리는 좀 덜 보였다. 바로 안경을 처방받고 선글라스에도 살짝 도수를 넣어 쓰고 나오니 눈물이 왈칵 솟았다. 참 좋은 세상에서 살고 있구나. 끊임없이 인간의 고충과 불편을 해소하기 위해 연구하고 도전해서 얻은 현대의학으로 누리는 혜택에 뼛속 깊이 감사했다. 얼굴을 바짝 대고 보던 신문을 팔을 뻗고 시원하게 읽어 내린다. 앞으로 영원히 성경을 읽지 못하고 저세상으로 가는 줄 알았는데 말씀들이 명료하게 눈에 잡히면서 마음의 창까지 열린다. 가까운 곳은 안경을 쓰지 않으면 더 잘 보이고 먼 곳은 안경을 쓰면 정상시력이다. 맨눈으로 컴퓨터 워드를 치며 일상을 살아간다는 사실이 믿어지지 않는다. 몸도 마음도 새로 태어난 것만 같다. 심청이 같은 딸도 없는데 이순이 넘어 대명천지가 밝아 올 줄을 어찌 알았겠는가. 사십여 년을 착용했던 렌즈라 지금도 버릇이 되어 세수할 때면 렌즈를 빼려고 하다가 간편해짐에 감사의 기도로 황홀함을 들어낸다. 지금 내 마음의 렌즈는 몇 도나 될까?

눈을 감고 나면 무엇인가를 빼 먹은 듯한 착각으로 일상이 편해진 안락함에 또 한 번 못지않게 마음의 눈도 스스로 점검하며 긁히거나 상처 나지 않게 온새미로 잘 관리하며 살아야겠다. 참으로 내게 있어 삶은 새롭게 태어나는 신비의 연속이다.

시월의 연가

시월이 오면 문원당엔 대자연의 익어가는 소리 들로 들썩인다.

새벽이슬 맞고 떨어지는 알밤들과 붉게 물들어 가는 감잎과 동철 감들은 그림까지 그린다. 여름내 꽃을 피워 엄마 분첩 분 냄새 향기를 뿜어내던 해당화는 붉은 열매 주렁주렁 열려 꽃보다 더 곱다. 대추도 익어가는 텃밭에는 김장배추가 알을 품었고 담장 아래 작은댁 마당엔 멍석 위에 방금 따다 풀어놓은 붉은 고추가 따가운 시월의 태양 아래 물기를 걷어내느라 아우성이다. 한여름 찌는 더위에 열매를 틔우느라 심한 앓이를 했던 논에는 누렇게 익은 벼이삭들이 황금 들판을 꾸미고 풍요를 노래하며 장관이다. 더불어 세상 만난 참새 떼 쫓는 소리 딸랑딸랑 노랫가락이다. 들깨밭에선 깨알 터지는 소리 소곤대는데 깻잎장아찌 담글 깻잎 뜯는 소리도 간지럽다. 얌전하던 예쁜 고양이 형제들도 이때가 되면 저들도 부산하게 어울리며 밥그릇 부피도 늘어나는 계절이다. 뭐니 뭐니해도 시월에 이곳 문원당 주변에 익어가는 것들의 진수는 내 집 뒷산에서 남정네들의 포효하는 소리, 송이버섯들의 합창이다. 시월이 오면 우리 부부는 아주 바빠진다. 매일 새벽 별을 보며 남편은 등산하는 일처럼 뒷산을 오른다. 뒷산에는 수십 년을 자란 푸른 솔이 섰고 정상에는 잔솔들로 꽉 찬 적송들로 보석 같은 보물들을 생산해 낸다. 산들바람에 송이 꽃이 피면 다이아몬드 같은 송이가 송이송이 솟아난다. 숙련된 노하우가 있어야 쉬 발견할 수 있는 요술 같은 몸이다. 이력이 제법 깊은 남편은 대지의 미세한 변동 부분을 발견하고 그 속에서 솟아오르려는 송이를 바로 찾아낸다. 크고 작은 송이들을 하나씩 캘 때마다 누리는 쾌감은 보약 먹는 것보다 더 높아 평소에 다소 불편을 느끼던 몸과 마음이 씻은 듯이 사라지고 시월의 연가를 부른다. 배낭과 자루를 가득 채우고 하산하는 그 길은 가끔씩 산도라지도 캐며 풍요로움과 행복감으로 몸과 마음엔 엔돌핀으로 세포를 정화 시킨다. 산도라지는 산삼보다 더 좋다고 하니 횡재다. 상품이 되는 송이는 정성껏 붓으로 털어 산림조합 송이 공판장에 납품하고 나머지는 깨끗이 씻어 태양에 물기를 말린 후 가늘게 채를 썬다. 채를 써는 동안 하이얀 송이의 속살과 그 향에 취해 역시 행복 바이러스는 온 집안을 휘감는다. 시월이 오면 나는 크리스탈로 된 병을 한 아름 사서 준비한다. 끓는 물에 소독한 후 채 썰어놓은 송이를 차곡차곡 병에 담고 꿀을 부어 세상에 없는 김계남 표 송이 꿀차를 만들어 일년 동안 우리가 먹을 것과 찾아오는 지인들과 손님들에게 커피 대신 송이 꿀차를 대접하면 그 황홀 해 하는 모습을 보는 것도 여간 큰 즐거움이 아닐 수 없다. 금메달이 달린 공인되고 유명한 양양 금송이로 그동안 신세를 졌거나 고맙고 각별한 분들에게 선물로 보낸다. 송이의 진품과 가품은 향으로 구분된다. 송이가 꼭 필요한 분들, 병마와 싸우거나 보답해야 할 분들을 선정해 선물로 보내는 내겐 보은의 시월이기도 하다.

정원엔 해당화 꽃진 자리에 빼곡하게 알알이 열려 붉게 익은 해당화 열매도 정성 들여 따 깨끗이 씻어 말린 후 큰 유리병에 담아 올리고당을 부어 마무리한 후 밀봉하여 저장해 두면 숙성되어 와인보다 더 고운 색깔과 맛과 향이 독특하고 항산화 효과가 뛰어나서 혈액순환과 당뇨 예방에 좋다고 알려져 있는데 이 또한 쉬 찾아볼 수 있는 흔한 먹거리 음료는 아니다.

송이 채취는 알밤이 떨어지는 시기와 거의 맞물려 산으로 오르고 내리는 길목에 한 아름씩 주워오기도 하는데 밤 종류도 아주 여러 가지인데 우리 집 밤은 은율 밤으로 아주 크고 모양이나 색깔이 곱고 맛이 좋아 받아먹는 이들의 반응이 좋다, 밤은 절대로 선물하지 말라는 구전이 있다. 금방 보기엔 아주 멀쩡하고 싱싱해 택배나 인편에 보내면 그동안 숨어있던 밤 속 벌레들이 뚫고 나와 받아보는 이들의 마음을 상하게 하는 요물이라고도 하다. 그럼에도 불구하고 나는 알밤들을 주고 보내며 정을 나눈다. 왕대밭 속에 떨어진 작은 알밤들은 그대로 두어 청솔모의 밥이 된다.

아이들도 딸 수 있도록 낮게 드리우고 주렁주렁 열린 감들은 먹는 과일이기 이전에 내겐 한 폭의 그림이다. 아침 눈 뜨면 창 너머로 바라보는 그 모습은 황홀해지기까지 하는데 어느 해인가 내 집에서 묵은 손님 한 분이 늘어져 주렁주렁 열린 감나무 가지를 꺾어 달라고 한다. 시월에 날마다 내 마음속에 기쁨으로 출렁이게 하는 그 그림을 달란다. 아마 그분 눈에도 욕심나도록 곱고 탐스러워 벽에 걸어두고 보고 맛보고 싶으셨던 모양이다. 누구에게나 주는 일에는 쉬 거절 못하는 나였지만 그것만큼은 당차게 고개를 저었었다. 감이 홍시가 되어 까마귀밥이 될 때까지 나는 그 모습을 보며 감상해야 하기 때문이었다. 그분은 나의 이런 심사를 아직도 모를 것이다. 시월이 깊어지면 통장 속의 잔고도 늘어가고 정신적으로나 육체적으로 기분 나는 활동을 하고 보니 우리 부부의 에너지도 더 활기차고 무르익어 가는 시월, 대자연과 만물들이 단단하게 열매 여물게 되고 아침저녁으로 제법 찬 바람 불어오면 문원당 굴뚝엔 연기를 뿜으며 소나무 장작을 나뭇가리에 쌓아둔 부피가 줄어들게 된다. 타고 남은 소나무 숯불에 싱싱한 동해바다 임연수(새치) 한 쌍 왕소금 뿌려 석쇠에 얹어 놓으면 다른 반찬 필요치 않다. 그 잿불에 고구마 몇 개 은박지에 싸서 묻어두면 주전부리가 필요 없다. 하루를 조명하며 안방 돌 구들장에 몸을 맡기면 재래식 온기로 스산해진 온몸을 감싸며 혈액순환으로 분주했던 시간 들을 보상해 준다. 이렇게 문원당에 시월이 오고 가면 꿈결처럼 한해가 흘러가며 겨울 채비를 하고 새봄을 기다린다. 물론 봄도 여름도 겨울도 희망차고 풍요롭고 아름답지만 시월에는 희망이 있고 기다림이 있고 익어가는 대자연과 익어가는 가슴이 있고 보니 시월의 연가를 부르지 않을 수 없다. 누구나 가질 수 없는 남다른 귀한 축복과 사랑을 내리신 하늘에 깊은 감사와 찬미를 드리는 절정의 계절이다.

제 2 부

익어가는 강

노을

문원당 추녀 끝
청송, 대숲에 잠긴 저녁 하늘
곱다.
내 안에 지혜와 포용의
소낙비 내리면 나도
저물녘
저리 곱게 물들 수 있으련가.

내 소중한 사람

아직도 전쟁의 여운이 가셔지지 않은 1952년 한적한 시골 마을, 마당 넓은 집의 섣달 보름밤. 달빛은 너무도 고요롭게 평온한 사랑채 뜰을 주시하고 있었다. 그 밤 김씨 집안의 삼대 독자의 울음소리에 달빛은 온 누리에 축하와 축복을 전하며 뜰에 섰는 네 살배기 누이의 뇌리에 그윽하고 신비로운 대자연의 숨소리를 각인시켜주어 한평생 그 밤의 전경이 가슴 속에 놀라운 신비체로 되새기게 해주었다. 환상과 꿈을 품게 하는 달빛을 받고 태어났음인지 피부가 희고 고와 모든이들의 시선을 받으며 자랐다. 할아버지께서는 다섯 살 손자를 이웃 서당에 입당시켜 천자 공부를 하게 하시며 마치 장엄한 풍경을 보시는 듯 기꺼워하셨다. 집 안에서는 물론 주변으로부터도 특별한 사랑과 관심 속에 혹여 이기적이고 배려할 줄 모르는 성격이 형성될 수 있는 위치였으나 오히려 독점하고 있는 자신을 내려놓고 배려와 인정과 호쾌한 인성의 아름다움을 보여주기도 했다.

시골 초등학생 시절 남다른 순발력으로 아버지의 큰 자전거를 안장 아래로 발을 넣고 좁은 시골길을 어찌나 잘 달렸는지 놀랍더니 그 민첩함은 삶에서도 여실히 드러나 부지런하고 자상하기 이를 데 없었다. 학교생활도 초등학교 시절 그림에 조예가 있어 대회에서 입상하기도 했고 다양하게 리더십을 백분 발휘하며 주위에 사람을 모으고 통솔하는 기질도 겸비함은 집안 내력이기도 했다. 유년을 시골에서 보냈지만 집안 어른들의 남다른 교육열로 우리 형제들은 중학생 시절부터 유학을 하게 되었다. 내가 고등학생이 되었을 때 남동생은 중학생이 되어 하숙생이던 누나인 내게로 왔다. 귀한 아들이 집을 떠나 공부하게 되자 어머니는 도시로 나와 뒷바라지하기 시작했는데 기실 자손이 귀한 집안이라 남,녀 구별을 두지는 않았으나 더 관심을 두는 것은 당연한 이치이다.

막내 여동생은 초등학교 때 전학을 시켜 모든 가족이 모여 도시 생활이 시작되었다. 호기심도 남달랐다. 중학생이던 어느 토요일 날, 반 친구 또한 외아들이었는데 둘이서 청량리행 기차에 올랐다. 그때 기차가 개통한 지 일년도 안됐을 시기였는데 호기심과 상상력은 인간을 도약시키고 그 가능성은 늙지 않기에 떡잎부터 꿈을 키울 수 있는 잠재력을 보여주기도 했다. 고교 시절에는 명성있는 밴드부에서 지휘봉을 잡고 쭉 뻗은 몸매와 하얀 얼굴로 멋을 뽐내며 인기도 많았다. 깔끔함은 예나 지금이나 변함없고 따르는 사람이 많았다. 어른이 되어서도 해야 할 일과 미심쩍은 현상들은 직접 행동으로 해결하는 민첩함을 지녔다. 좋은 습관은 좋은 인생을 만든다. 때로는 너무 소심하여 대충이라는 단어는 그의 사전에는 없다. 주어진 일은 완벽하게 처리해야 마음이 정리되는 형인데 본인에겐 상처도 입을 수 있고 힘든 생활방식이기도 하며 내 안의 숙제가 풀리지 않으면 마음이 편치않아 다른 관계가 쉽지않는 형이다.

대한민국 철도산업의 기반을 세우려는 차원에서 새로 설립된 한국철

도대학 1기생이 되어 서울에서 졸업 후 철도청 직원으로 첫 직장생활도 해 보았다. 적령기에 접어들어 새 가정을 이루게 되었는데 초등학교 소꿉친구와 인연을 맺었다. 간호학을 전공하고 학부에 출강, 후학을 양성하며 냉철하고 생활력 강한 지어미 만나 자손 귀한 가문에 보물 같은 아들 두 형제 유성처럼 빛났고 집안 어른들에게는 마치 갑옷을 입혀 드리는듯한 든든함과 기쁨을 안겨 주기도 했다. 남 퍼 주기 좋아하고 사람 귀히만 여기고 실리를 추구하지 못하는 시집 생활방식은 지극히 현실적인 며느리의 위치에 서서 보면 베풂이 헤픔으로 보여질 수도 있었을 게다. 동생은 곧바로 현대자동차로 옮겨 현장지소장으로 근무하면서 직장 현장의 근육을 키워나가며 가정을 거느리고 부모님께도 자식의 도리를 다하기에 힘썼다. 스트레스가 생길 땐 수학을 풀면 풀린다는 영재, 큰아들은 대한민국 최고 학부인 S대 모교에서 교수로 재직하고 H대에서 디자인을 전공한 작은아들은 전공을 발휘하며 공직에 재직 중이다. 두 아들 어린 시절, 잠시도 눈을 떼지 않고 안전과 견문을 넓혀주던 모습이 아직도 내 기억의 그늘 속에 생생한데 두 아들 역시 부모의 사랑과 길라잡이로 가문의 기대에 충분히 부응하여 각자 제 몫을 하며 우뚝 서 있다.

인내와 유연함으로 가문을 세우고 우뚝 선 그 모습, 조상님들의 그 사랑과 기대에 모자람 없이 부응하며 살아온 대견하고 귀중한 내 남동생, 고맙고 자랑스러워 남동생과 신에게 늘 감사드린다. 피를 나눈 오직 하나뿐인 내 남동생,

혈육은 남편과 자식의 그 사랑과는 또 다른 애틋함이 있다. 부모 형제자매는 태어나면서부터 한 지붕 한 밥상에서 생사고락을 함께 나

누었고 체질과 생각과 생활관습과 정서를 공유한 관계는 거의 나와 동일시되기도 해, 볼 때마다 일치를 이루는 공통점을 확인하곤 한다. 그러기에 그가 조금이라도 편치 않으면 늘 아픈 손가락처럼 아렸다. IMF로 나라가 한창 어렵고 대기업들까지도 힘들어 직원들의 감원 바람이 불어 임지를 멀리 보내 스스로 퇴직 결정을 내리도록 수를 쓸 때 가족과 떨어져 생활하는 삶은 포기하게 되었다. 그때 마침 내가 운영하던 영업장에 큰 역할을 해주었다. 타고난 화술과 원만한 대인관계로 매장을 총괄하고 다양한 손님들의 특성을 헤아려 내며 소통과 친화를 일궈내 주기도 했다.

폭포 물은 절벽에서 떨어져도 다시 살아나고 빛이 어둠을 이길 수 없듯이 반듯한 심성은 모든 것을 이겨내고 바로 새로운 직장에서 칠십 대 중반까지도 현재 현역인 회사 사장으로 신중하고 반듯하고 완벽한 신뢰로 소임을 다해 내며 두 아들에게는 물론 손자 손녀들에게도 능력 있고 자상한 할아버지로 존경받고 자기 관리와 가족 관리는 물론 일가친척들 애경사도 챙겨 후덕을 베풀며 늠름하게 살아가는 내 소중한 남동생. 그 열매들 주렁주렁 눈부시다. 온 가족의 신앙심과 성실하고 반듯한 생활 모습으로 받아 누리는 은총이라 여겨진다. 바쁜 직장생활 속에서도 신앙을 키우며 또한 하나밖에 없는 누이를 속마음까지 꿰뚫어 알아 챙기는 동생이 있어 하루가 다르게 허물어져 가는 허약한 갈대는 몸과 마음에 에너지가 고갈되어 가는 노년에 오로지 한 가닥 위로와 의지가 되고 끈이 되고 비타민이 되어 주는 사람 내 남동생이다. 세상에서 가장 축복받은 사람은 하느님을 알고 이득을 따지지 않고 비움이 곧 차오름을 아는 사람이다. 아랫목처럼 포근하고 가슴이 따뜻한 사람. 그 어느 누구에게도 폐 끼치는 일은 금기이고 예의 깍듯하고 청렴함과 부지런하고 청결함을 신조로 알고 살아가는 사람. 이 모든 것을 다 갖춘 바로 그 사람이 세상에 하나밖에 없는 내 남동생이다. 하늘이 빛나는 것은 은하수 때문이고 들판이 빛나는 것은 원시림 때문이고 세상이 빛나는 것은 사람 때문이며 세상이 소중한 것은 그 사람과 함께 하기 때문이다. 살면서 가장 행복한 시간은 가슴 따뜻한 사람과의 만남이다. 기쁨과 슬픔을, 배려와 고통과 애틋한 속내를 스스럼없이 털어놓고 나눌 수 있는 유일한 그 사람. 사랑하는 내 남동생은 부모님을 통해 신이 내게 내리신 가장 소중한 선물이다.

생인손

사랑하던 여동생이 하늘에 별이 된 지 어언 스무 해가 다가왔다. 미국으로 이민을 떠나기 전에 미국 현지에서 목사직에 있다는 동생 남편 지인에게 전 재산을 사기당하고 그 충격과 고뇌로 지병을 얻어 이민 떠난 지 일년도 채 안 돼 젊은 청춘에 하늘에 별이 되었다. 슬하에 외동아들을 두었는데 그 아이가 열여덟 되던 해인가 본다. 부모가 다 지켜주어도 힘든 이국땅에서 오직 무능한 아버지 하나밖에 믿고 의지할 곳 없이 얼마나 막막하고 힘들게 헤쳐냈을까를 생각하면 마음이 너무 아프고 먹먹하기만 했다. 그때 당시 나 역시 아들 하나뿐인지라 조카를 데려다 뒷바라지해야겠다 마음먹고 미국에 일찍 이민사를 쓰고 자리 잡은 지인과 상의했더니 기왕 미국 땅에 발을 들였으니 그대로 미국에서 진로를 잡는 게 더 낫다는 충언에 포기하기로 했었다. 내 머릿속엔 이 아이가 어디 외진 곳에서 울며 헤매는 듯한 망상에 늘 생인손으로 남아 아프고 밟혔다. 가끔 연락이되었지만 이모로서 어찌해 줄 방법이 없고 보면 그저 아프고 애절하기만 했다. 동생이 어찌 눈을 감고 하늘나라로 갈 수 있었겠는가를 생각하면 무능하고 단초를 제공한 제부가 원망스럽기 이를 데 없었다. 그러던 몇 해 후 조카로부터 직장을 얻고 결혼한다는 소식이 왔다. 눈물부터 흘러내렸다. 미국에 주재

한 S그룹에서 근무하며 신부도 직장에서 만났단다.

 그 어려운 역경을 딛고 직장과 가정을 일궈내는 조카가 대견스럽고 장하기까지 하며 한 녘 진한 안쓰러움으로 또 한 번 울컥했다. 세상에 하나밖에 없는 이모인 내가 머나먼 미국 땅이라 쉬 갈 수도 없어 더욱 마음 아팠지만 그동안 지켜주시고 인도하여 주시고 손잡아 주신 하느님께 감사드리며 진심으로 결혼을 축하해 주었다. 얼마나 제 엄마가 그립고 보고 싶고 아플까를 생각하니 가슴에 바람이 일었다. 보내온 결혼사진을 보니 신부가 예쁘기도 하고 처가댁도 반듯하며 울산에서 목회하는 분이라고 한다. 우선은 혼자서 외롭고 힘들다가 함께라는 큰 힘이 얼마나 생의 활력을 불어넣어 주겠는가. 혼자 울면 외롭지만 함께 울면 견뎌지는 게 삶이니 다소 위안도 되었다. 결혼 후 금방 아이가 생겼다는 반가운 소식을 전해준다. 제 어미가 살아 있다면 얼마나 좋아하고 행복해했을까. 첫아들 다니엘을 낳아 백일이 채 안 됐을 때 휴가를 내어 첫나들이 귀국으로 엄마 대신인 이모 집을 찾아왔다. 눈물을 삼키며 어린 것을 받아안고 내 가슴엔 온통 별이 된 동생을 가득 안고 "네 대신 내가 이 아름다운 꽃들을 맞고 보는구나. 네가 가슴에서 놓지 못하던 네 아들 창빈이. 이제 어엿한 가장이 되어 있구나. 이렇게 늠름하게 일어섰으니 이젠 안심하고 영원한 안식을 취하렴!" 하고 보고했다. 처음 상면한 조카며느리가 예쁘고 상냥하고 반듯해서 든든하기 이를 데 없었고 제 아빠 어릴 때와 붕어빵 아들을 안고 왔다. 일 년에 한 번씩 꼭 귀국하며 지내기 삼 년 만에 예쁜 둘째 딸 엘리사를 얻어 두 남매와 네 식구를 케어하며 지친 기색도 없이 활기차게 미국과 한국을 오가는 조카가 너무도 대견하고 존경스럽기까지 했다.

세상에서 가장 아름다운 꽃은 역경을 이겨내고 피는 꽃이라 했던가. 아무리 남편이 가사 일과 유아 일을 많이 도와준다지만 미국 땅에서 누구 하나 도와줄 손 없이 아이들 둘을 키우기란 여간 힘든 일이 아닐 것이다. 작년에 한국에 왔을 때 불현듯 한국으로 돌아와 친정 지근에서 살며 부모님과 형제들의 도움도 받으며 오고 갔으면 좋겠다고 혼자 말처럼 표현했더니 조카 며늘아기가 적극 동조하며 "저도 그랬으면 좋겠어요. 다만 오년 만이라도요!" 하는 게 아닌가. 마음씨 곱고 예쁜데 살림도 야무지고 아이들도 잘 키우는 조카 며늘 아이이다. '그래, 우리 기도해 보자!' 하며 미국으로 건너간 지 몇 개월 만에 꿈같은 소식을 전해준다. "이모님! 우리 오월에 한국 가서 지내게 되었어요! 오년 기한으로 아이들 좀 클 때까지요." 하는 게 아닌가. 좋으신 하느님께서 착하고 충실하게 살아내는 이 아이들에게 은총과 축복을 주시는 듯싶어 감사의 기도가 절로 나왔다. 직장도 울산 옆으로 옮기고 한국에서의 새 생활이 시작되었다. 여동생이 이민을 떠나며 아들을 학교 마칠 때까지 십 년만 뒷바라지하고 오겠노라 더니 스무 해 만에 저는 하늘로 숨고 아이들만 보냈다. 미국에서는 겨울에만 휴가가 주어졌던 기회가 지난여름엔 계절 관계없이 여름휴가로 내 집 문원당을 방문하게 되었다. 한국이라지만 거리가 먼 관계로 대가족을, 특히 어린 아이들을 거느리고 움직인다는 것이 쉽지 않을 듯했다. 그러나 가족을 향한 생동하는 삶의 에너지는 위대했다. 가뜩이나 한창 휴가철인 팔월 초. 장장 여섯 시간의 운전으로 저녁 늦게 도착했다. 해마다 귀향했을 때마다 너무 멀어 포기했던 이모네 세컨하우스를 이제야 찾아보게 되었다. 아들 다니엘은 제법 어른스럽게 오빠 노릇을 톡톡히 했고 딸 엘리사는 기저귀는 떼지 못했지만 한옥 문지방 능숙하게 건너다니며 처음에는 낯가리더니 하루가 지나니 내 품에 안기며 기분이 좋으면 기저귀 엉덩이춤을 추며 재롱을 부리기까지 했다. 기실 여동생을 잃은 아픔에 이민을 추진했던 그때 만류하지 못했던 내가 한으로 남았었는데 이 귀하고 아름다운 가정을 보면서 가슴 응어리가 풀리고 있었다. 사실 세상에 제 엄마 피붙이 중 가장 가까운 사람은 이모이고 거의 엄마와 동격이며 내겐 둘째 아들 같은 조카아이이다. 조카의 모습에서 언뜻언뜻 제 엄마 모습이 보일 때마다 여동생을 향한 그리움이 요동치기도 했다. 제 아버지 형제는 많지만 각자 제 살기 바쁜 사람들이다. 조카의 단련된 몸과 행실과 제 가족 건사하는 모습을 보면서 그저 신통하고 고맙고 자랑스러워 등을 토닥여 주며 이 모습을 동생이 살아서 보고 있다면 얼마나 흐뭇하고 행복했을까. 대체가 불가능한 것이 엄마이지만 마치 동생이 누려야 할 행복을 내가 뺏기라도 한 듯 가슴에 무언가 맺혀 아팠다.

며칠 묵으려 했는데 직장에서 연락이 왔다. 회사에서 직책이 외국 바이어들이 오면 케어해야 하는 보직이고 또 입사한 지 얼마 되지 않았으니 명에 따를 수밖에 없어 금방 떠나야 했다. 장거리 운전에 피로하게 왔건만 어쩔 수 없는 상황이다. 너무도 잘생긴 여섯 살배기 아들 다니엘이 내게 불만스럽게 말한다. "할머니! 나 더 있다 가고 싶은데!" 하는 게 아닌가. 상처가 된 듯한 어린 마음이 애처러웠다. "그렇지? 할머니도 그래. 그렇지만 아빠 회사에서 아빠가 필요하다니 어쩔 수 없으니 우리 다니엘, 갔다가 아빠 시간 나면 또 오기로 하자!" 했더니 고개를 끄덕인다. 급하게 떠나게 된 지라 대충 길 채비를 해주고 이른 저녁을 먹은 후 귀갓길에 올랐다. 잠시 나의 제부이자 제 아비의 뒷담화를 했던 한마디가 걸려 사과를 했더니 '이모! 나 모든 것 다 걸러내고 듣고 보고할 줄 알아!' 한다. 폭포 물이 절벽에서 떨어져도 다시 살아나고 서로 갈린 시냇물은 바다에서 다시 만나듯이 그동안 겪어 온 삶의 풍랑으로 단련되어 감정의 격량에 휩쓸리지 않고 조절할 줄 알며 잘 익어 여물어진 멋진 인격체로 우뚝 선 모습, 그저 마냥 고맙고 희망이 보인다. 희망은 삶에서 누리는 가장 큰 축복이다. 미국에 살 때는 너무 아득하고 막막했는데 서로 외롭고 그립던 아이들이 이젠 한국에서 살아가고 있다는 든든함이 천군만마를 얻은 듯하다.

우듬지

　어머니와 하나뿐인 여동생이 너무도 일찍 하늘나라 떠나고 산다는 것이 외로움을 견디는 것으로 살아가는 내게 살뜰하고 인정 넘치는 우듬지 같은 팔순이 넘은 고모님과 구순이 넘은 이모님이 살아계신다.

　고모님은 나보다 서너 살 위로 출가할 때까지 한 지붕 아래에서 함께 살아오시며 희로애락과 의식주를 함께 했던 추억과 기억을 함께 공유하며 거닐 수 있는 분이다. 그래서 서로의 속 깊은 내면까지를 유추할 수 있는 숙질 관계이다. 고모는 할머니와 방을 함께 썼는데 나는 할머니 곁에서 늘 내가 할머니를 차지하면서 할머니는 내가 당신 젖꼭지를 만지면서 잠이 들 때까지 온몸으로 품으시고 기꺼이 맡겨 주셨다. 늦둥이 막내딸이었던 고모는 조카 삼 남매에게 양보를 미덕으로 살아오셨고 행동반경이 넘치지 않으면서 도리를 다하였다. 지난 어느 봄날, 고모님 집을 방문 하겠노라 전갈을 드리고 찾아뵈었을 때 월동초(유채) 김치를 소담스럽게 담가 건네시던 살뜰함은 말없이 담아 보내시는 사랑으로 또 한 번 감동과 추억을 소환하게 하셨다.

　지극히 착한 것은 마치 물과 같다. 만물을 이롭게 하면 서로 다투지 아니하는 이 세상에서 으뜸가는 상선약수 같은 품성을 지닌 나의 고모님이시다. 이태 전에 팔순을 맞으신 고모님께 축시 한 수 올려 드렸다.

산수傘壽의 달빛 발자국

소명을 다하고 마른 잎 떨구는 낙엽들이
땅으로 귀화하는 만추의 계절 축복된 오늘
팔십 인생 여정 달빛 같은 발자국을 소환해 봅니다.

봄이면 앞산 진달래 꽃불로 타오르고
흙 마당엔 갓 깨어난 노란 병아리들
꽃잎 흩어진 듯 뛰놀던 고향집
대대로 이어온 김씨 가문 막내딸로
타고난 품성은 모든 것을 받아 안는 흙을 닮았었지

자손 귀한 가문의 남다른 사랑 입고
3대가 한 지붕 아래서 희로애락 함께 하며 자란 세월
어린 조카들에게 더러는 부모님 사랑 빼앗겼어도
고모라는 이름으로 내리사랑의 위치를 알고
의연함에 더하여 올케였던 내 어머니의 마음도
헤아릴 줄 알았던 어린 시누이의 가상함은
타고난 품성과 절제의 아량이었나니
험난한 세상 살아가는 이 조카에겐 힘들 때 떠올리면
마음에 평화를 얻는 아스피린 같은 존재였죠.

최씨 가문으로 출가 후엔 지혜롭고 속 깊은 지아비와
3남매 두고 고뇌와 번민을 안으로만 삭이며
순종과 효행과 우애로 가문을 세우는 버팀목이 되었나니
하늘이 내린 축복은 인내와 겸양의 미덕이로다

산고를 겪어야 새 생명이 태어나고
꽃샘추위를 견디어야 새봄이 오며
어둠이 지나야 새벽이 오듯 이제
인생 팔십 산수傘壽라 눈.비 가리워주는 우산처럼
희망과 굴곡으로 흐른 세월
은빛 머리칼 빛나고 이마의 주름살
보석보다 값진 훈장이로다.

오늘 복된 이 시간 잘 자라온 울타리 같은 삼 남매
정성으로 사랑과 감사의 훈장 식을 마련했구나
든든한 울타리 그 힘 엮어 이제 남은 여생
모든 근심 걱정 다 내려놓고 먼저 떠나가신 지아비 몫까지
건강하고 멋지게 오래오래 우리 곁에서
자애와 치유의 화신 되어 주소서!
서녘에 물드는 저녁노을처럼 붉고 아름다운 삶 엮어 가소서!

(2022.11.19)

이모님은 일찍 돌아가신 내 어머니의 역할을 다하셨다.

내가 결혼 전일 때 조카사위인 내 남편이 대학원 입학을 할 때 등록금 마련을 위해 즉석에서 몸에 두르셨던 패물들을 다 풀어놓으시며 등록금을 해결해 주셨던 분이시다. 성격이 활달하시면서도 인정과 감성이 깊어 나뿐만 아니라 이질 조카들이나 주변의 여러분들, 혈육들을 끔찍히 아끼고 물심양면으로 도와주시며 사셨다. 지혜와 재능이 뛰어나고 주위에 인적 네트워크가 단단해 따르는 사람들이 많았다. 친구

관계가 돈독하고 진취적이어서 팔순이 훨씬 넘은 나이에도 여행을 다니며 친목을 다지고 건강하게 살아오셨다. 인생의 고락을 신앙으로 승화시켜 십자가를 지고 또 십자가를 믿고 의지하며 구순이 넘으셨는데도 너무도 총명하고 반듯하시고 맑으셔서 아직까지도 내 영혼이 힘들고 지칠 때 나의 우둠지로 위로와 힘을 주시는 분이시다. 작년 구순 잔치에 축시 한 수 올려드렸다.

구순九旬의 월광月光

아침 해 저녁달이 가득히 펼쳐진 버덩 들판에 떠오르면
그림자 한 점 없이 서산으로 기우는
넓은 달 바다 박월博月리의 땅
가가호호 산자락 등에 지고 줄지어 피어 앉은
박꽃 같은 마을

산엔 진달래 함박꽃 들엔 복숭아 살구꽃
구름 꽃 피는 사월 스무날
고성집 종가에 다섯 번째 여식의 울음소리
축복은 애잔했다.
한 지붕 아래 삼대 층층 자손들 함지박 밥상 나누며
오순도순 살아온 어린 시절 따습고 아득다.

타고난 화통하고 진취적인 남아 기질은
시절과 길라잡이 도인을 만났더라면

여장부 이름 하나 올렸으리
본질은 인정과 사랑과 가문을 중히 여기는 의지의 화신이었다.
꿈과 이상에 달하지 못한 현실에 늘 목마름으로
까치발 하며 살아온 삶. 그러나
긍정의 마인드로 흥과 웃음을 잃지 않고
승화시켜 살아 낸 아름답고 고귀한 세월 찬연하다.

흔들리지 않는 바위처럼 굳은 의지
품은 사랑과 정을 표현치 못해 우직해 보였던
지아비 만나 보석 같은 삼남매
마를 날 없던 인고의 눈물 생명수 되어 마시며 지냈지
자식들의 복된 미래를 위해 혼신의 힘을 다 했거늘
뉘라서 뒤돌아볼 아쉬울 생 남았다 하리오
자식들 향한 길라잡이 집념과 신앙이 버무려져
일궈낸 구십 년 세월 장하고 눈물겹다.
손잡고 지켜봐 주시고 일으켜주신 하느님에게 감사드립니다.

혼곤한 삶 속에서도 부모님 향한 효심과
지아비 공경에 더하여 형제자매 일가친척
이종 조카들까지 챙긴 덕목은
타고난 품성 아니고는 어찌 가능할 길 있으랴
"덕불고德不孤 필유린必有隣"이라
덕은 외롭지 않고 반드시 이웃이 있듯이
당신 주변은 늘 정다운 이웃과 친구들이 있었지요
어둠이 지나야 새벽이 오듯 사랑과 그리움
기쁨과 슬픔. 절망과 희망. 망설임과 후회로

만들어진 수많은 징검다리를 건너

모든 시련과 눈물 이겨내고 오늘,

이렇게 의연하고 화사한 모습으로 우리 곁에 계셔주심

당신과 하늘에 감사드립니다.

머물 곳. 갈 곳. 처할 곳을 꿰뚫어 알며

처신할 줄 아는 당신, 가야 할 때가 언제인가를

알고 가는 뒷모습

당신의 구순 달그림자는 그래서 더욱 아름답고 위대합니다.

눈물과 의지와 신앙의 힘으로 살아오신 구순의 생애

참으로 수고 많으셨으며 오늘을 맘껏 축하드립니다.

이제 남은 여생도 성총 안에서 화사한 오늘처럼

건강하고 평화롭게 다가올 백百수연壽宴을 그려 봅니다.

항상 밝은 빛으로 신선한 바람으로 당상 나무처럼

우리 곁에 늘 머물고 서 계셔주시기를 기도하며

다시 한번 축복받은 구순 잔칫상에

축하와 감사를 드립니다.

(2024.04.20)

언제나 제 곁을 보살피시고 지켜주시는 신의 손길에 감사와 찬미를 드린다. 일찍 하늘나라로 불러가신 내 어머니를 대신하는 이모님과 아버지를 대신해서 내게 주신 고모님은 내게 있어서 뿌리 든든한 당상 나무의 우둠지 들이시다.

감자전

　중학교를 갓 입학한 여름방학이었다. 온갖 과일나무가 많아 먹거리도 풍성했고 신이 내린 자연환경도 풍성했지만, 여름방학 동안은 시골은 다소 무료했다.

　시골집 부엌은 모든 조건이 불편하다. 어머니는 모처럼 방학을 맞아 집에 온 맏딸을 위해 감자전을 부쳐 주셨다. 농사지어 부엌에 쌓아놓은 감자 더미에서 제일 굵은 것으로 골라 삐딱하게 닳은 놋쇠 숟가락으로 껍질을 벗긴 후 강판에 갈아야 한다. 강판 구멍 크기에 따라 감자전의 맛과 감촉이 달라진다. 구멍이 촘촘하게 나 있으면 감자전이 아주 부드럽고 쫄깃하다. 일단 갈았으면 아궁이 불에 타고 남은 숯을 화로에 담고 솥뚜껑을 삼발이에 걸쳐놓은 후 빨리 구워야 한다. 빨리 하지 않으면 붉은색으로 변하고 물이 고인다. 될 수 있는 한 힘들더라도 하나 갈고 하나 부치고 해야 색깔과 맛이 제대로 난다.

　갈아놓은 감자는 가라앉은 녹말에 물을 따라낸 후 애호박 부추 풋고추를 송송 썰어 버무린 후 달아 진 팬에 감자나 무를 손잡이가 되게 빚어 들기름을 팬에 둘러 바른다. 화롯불이니 은은하게 구워내는 일은 걱정 안 해도 된다.

　한여름 염천에 엄마는 비지땀을 흘리며 화롯불 맞은편에 내가 앉을 자리를 마련해 주시고 한 장씩 구워질 때마다 접시에 담아 조선간장에 들기름 부추 썰어 만든 양념간장을 내고 입 짧은 딸이 맛나게 먹는 모습으로 흐뭇한 미소와 안도를 보이시던 내 어머니의 숭고한 모습. 삼시세끼를 해줘도 싫다 않고 잘 먹는 나를 위해 개학 때가 되어 떠나기 전날까지 진땀으로 해 먹여 주시던 엄마의 감자전. 오늘의 내가 있음은 어머니의 향기로운 땀과 말없이 이처럼 사랑과 온유의 거룩함을 실천해 주시는 지상의 하느님인 내 어머니의 인고와 희생이 있으셨기 때문임을 나는 안다. 맛의 절반은 추억이고 추억의 절반은 또 맛이라고 하지 않는가. 내 감자전 사랑 식성은 어느덧 고희가 넘고 산수가 목전인 이 나이에도 식지 않았고 감자전을 대할 때마다 어머니와의 추억을 잊을 수 없다. 밥 먹기 싫을 땐 가을 송이버섯 계절이 오면 송이 송송 썰어 넣고 굵은 감자 서너 개만 깎아 갈면 진수성찬이다. 강릉 지방이 특히 감자 주산지답게 감자 음식 문화가 발달 되었다. 옥천동 기찻길 옆 먹거리촌에 가면 나란히 이십여 개의 감자 부침개 상점이 늘어서 있다. 간판마다 이름이 다 다르고 감자전 맛도 다 다르다. 팥죽도 곁들여 팔고 있는데 팥죽 맛도 다 다르다. 감자 종자 종류에 따라도 맛이 달라진다. 마침 이곳에 사는 친구의 소개로 "은혜의 집"이라는 상호를 쓰는 명품 감자전 집을 알게 되었다. 삼십 년 노하우로 맑고 도톰하고 쫄깃하게 구워내는 솜씨의 맛이 일품이다. 나의 입소문으로 외지 단골손님들이 제법 많았다. 강릉에 다녀올 기회만 있으면 그 집으로 먼저 달려가 두어 장 먹고 나야 다른 볼일을 보게 되었고 심지어는 춘천에서 입맛 없을라치면 바로 찾아와 입맛 부치고 갈 정도였다. 그런데 희한하게도 다른 지역에서는 그렇게 담백하고 값싸고 맛있는 감자전을 하는 곳이 없었다. 한다는 게 고작 설겅거리게 감자를 갈아 식용유를 많이 부어 튀김을 만들어내는 곳이 전부였다. 강릉에 가면 행복한 미소가 떠오르는 것이 바로 은혜의 집 감자전을 먹을 수 있다는 것이었는데 전철이 들어오는 바람에 옛 기차 철로 변을 몽땅 재개발하게 되어 감자부침 가게들이 뿔뿔이 흩어지고 철수하는 바람에 은혜의 집을 찾는 일은 요원해졌다. 감자전을 삼십 년 동안 해 빌딩을 샀다는 풍문도 있는데 이제는 장사를 청산했다고 들었다. 마치 은혜의 집을 잃은 것이 정말 은혜를 잃고 또 무슨 피붙이라도 작별한 듯 허전하고 그립고 아쉽기가 그지없었다. 그런데 개발이 끝난 후 감자전 가게들이 새로 단장된 산뜻한 가게로 개장했는데 예전의 맛이 전연 아니었다. 원인을 알아보니 예전엔 손수 강판에 갈아 지졌는데 기계에다 갈아 지지니 완전히 다른 음식으로 변해 다시 찾지 않게 되었다. 그 옛날 빚어내던 재래식 방법에서 가스 불과 모든 기구가 편리하게 개량된 조건에도 불구하고 기계화시켜버린 음식은 제대로 된 맛을 보여주지 못하는 것이었다. 음식은 민감하기 이를 데 없는 마법사이다. 정성을 입지 못한 음식은 식객들이 금방 알아차린다.

그러던 중 강릉시에서 남항진에 토속 음식 감자 먹거리촌을 조성해 모든 식당가가 감자 음식만으로 식도락가들에게 풍성한 즐길 거리를 제공해 주었는데 감자전 맛이 옛 은혜의 집에서 해주던 그 맛 그 모양을 찾을 수 있어 얼마나 반갑고 행복했던지 마치 잃었던 고향을 도로 찾은 듯했다.

궁하면 통한다고 했던가. 입맛을 잃는다는 것은 치명적이다. 건강을 잃었다는 뜻이다. 이러할 때 그 기능을 회복시켜 줄 기호 음식이 있음은 구원이요 생명이다. 내게 있어 구색 갖춘 감자전이 있는 한은 나의 에너지원으로 충분하다.

그리움

언젠가 남편의 지방 재임 기간 중에 아파트 사택에서 기거한 적이 있다.

바로 윗 층에서 한밤중 자정 때쯤 잠자리에 들려 할 때면 현관문 소리와 함께 어린아이의 뛰어다니는 소음이 시작되는 것이다.

처음엔 오늘만이겠지 하며 뒤척이다 불면의 밤을 참고 견디었는데 매일 반복되다 보니 안 되겠다 싶어 작심하고 올라가 초인종을 눌렀다.

사연을 들어 보니 젊은 부부가 초등생 딸과 늦둥이 세 살배기 딸을 두었는데 엄마가 매일 낮 동안 이름 있는 식당에 나가 일하고 거의 밤 자정께 귀가하게 되고 보니 낮 내내 엄마와 떨어져 지내던 세 살배기 아기가 그때부터 보고 싶던 엄마와의 그리웠던 해후로 신바람이 나서 온 집안을 뛰면서 퍼레이드를 벌린단다. 부부는 진심으로 미안함과 양해를 구하면서 참 순수하고 착하게 열심히 살아가는 한 가족의 단면을 보며 가슴이 뭉클해지는데 초등생 아기 언니는 살짝 뽀루퉁 한 표정으로 "어린 동생이 좀 뛰었기로 항의 방문이라니?"라는 표정이었다. 미안함과 난감함이 교차하는데 참고 견디자니 세포가 자정능력을 상실해 가고 ~ 그 어린 것이 엄마 품을 종일 소유하지 못하는 생활환경 속에서 그리움으로 한낮을 보내다가 밤에 엄마 품에서 신바람으로 재롱을 부리는 절정의 시간을 어찌 막을 수가 있으랴. 어린 아기의 그리운 엄마 품!, 어린 아기의 그리운 엄마 품!' 내내 내 마음속엔 비록 잠시 동안이었지만 외갓집에 다니러 가신 엄마의 부재 무게가 엄청났던 내 유년의 아련한 그리움이 아기와 오버랩 되면서 가슴이 쌔 해 왔다. 그 후 며칠 후 아기의 뛰는 소리가 없어졌다. 간혹 외부 문소리와 아주 낮은 소음만 새어 날 뿐 감지되지 않았다. 궁금하여 물어봤더니 거실 바닥에 매트를 깔았다고 했다. 비록 어렵게 살망정 기본 상식과 양식 있는 이웃을 만날 수 있음에 얼마나 감탄과 감사를 드렸는지 모른다. 그때의 그 아름다운 배려가 그리움으로 남아 임지 소임이 끝나고도 그 아기 엄마가 근무하는 식당에 자주 들러 반갑게 인사를 나누며 아기가 벌써 아주 얌전한 학생이 되었고 지금도 엄마를 기다리며 그리며 치맛자락을 잡는 어리광은 여전하다고 했다. 점점 부모 그늘에서 멀어져 가는 시대에 이 얼마나 정겹고 아름다운 모습의 일상인가.

어느 해 6월, 초록이 무성하던 날 적송이 우거지고 왕대가 수묵화를 그리는 내 집 세컨하우스에 문인들 몇몇이 하룻밤 묵게 되었다. 그중 한 분이 시골 밤 산새들의 울음소리에 홀려 산새들과 밤새도록 만리 장성을 쌓으며 내통했나 본다. 아침에 일어나더니 하는 말이 "저 산에 새들은 이름들이 무엇이며 왜 저렇게 밤새도록 우느냐?"고 내게 따지듯이 물었다. 그리움이지요! 어미 새가 새끼들 둥지에 남겨 두고 낮 내내 새끼들 먹일 양식을 찾아 헤매다 저녁이 되고 밤이 오면 돌아온 어미 새들을 만나 그리움의 회포를 풀고 품 안에서 포근함과 안도와 신바람에 밤이 새도록 노래를 부르는 것이지요. 그분은 내게 " 숲속에 살더니 시인 다 됐네!" 한다. 사람이나 동물이나 식물이나 그리움은 신이 내린 끈임을 절절히 느끼고 경험하며 산다. 집에서나 타향에서나 여행지에서나 저녁이 되어 산 그림자 드리우면 젖어 드는 향수, 그리움에 울컥 가슴에 별이 내리는 순간이 있다. 아무도 기다리는 사람 없는 집일지라도 집이 갑자기 그리워지고 핏줄과 보고픈 이들이 그리워지는 순간 가장 아름답고 숭고한 인간 본연의 순간이 되기도 한다.

그리움은 기다림이고 외로움이고 젖어 드는 아픔이기도 하다. 정호승 시인은 외로우니까 사람이라고 했다. 살아간다는 것은 외로움을 견디는 일이고 가끔은 하느님도 외로워서 눈물을 흘리며 새들이 나뭇가지에 앉아있는 것도 외로움 때문이고 산 그림자도 외로워서 하루에 한 번씩 마을로 내려오며 종소리도 외로워서 울려 퍼진다고 했으니 이보다도 더 오롯하고 애절한 그리움과 외로움을 그 어디에서 찾을 수 있으랴. 새벽에 일 나가고 한밤에 돌아와 수면이 부족하도록 바쁘게 살아가는 생활인들에게는 그리움이나 외로움은 사치일지도 모른다. 그러나 신이 만들어 낸 인간과 생명체들이기에 순간적으로나 찰라적일지라도 어느 곳을 향하거나 심연에 고여 있는 그리움과 외로움은 예고 없이 도출되어 무디어 가는 세포에 싹을 틔운다. 어린 아기가 엄마를 기다리던 그리움이나 새들이 밤새워 가족회를 여는 그리움을 시추해 보면 외로움은 누군가가 채워 줄 수 있지만 그리움은 그 사람이 아니면 채워줄 수 없기 때문이다.

가끔은 세상을 만드신 하느님의 외로운 눈물 때문에 세상 우주 만물이 제 자리를 지키고 찾으며 공존하며 사랑으로 억만년을 살아왔고 또 살아가는 것이 아니겠는가. 어쩜 그리움은 신이 인간에게만 내리신 고유한 권한이며 특별한 은총이다. 신이 내리신 그리움과 외로움은 그

근본이 사랑이기 때문이다.

무위無爲

과유불급이라고 우리가 사는 삶은 의도 되었던 의도되지 않았던 힘에 넘치고 부치며 살아가는 일이 참 많다. 지난 한 햇 동안은 바로 그 경우였다. 공적인 일이라 책임을 등한히 할 수가 없었고 또 실수 없어야 했기에 신중했는데 업무적인 면보다는 믿었던 사람이 도와주지는 못할망정 오히려 방해한 행위로 인해 수습해서 바로 세우느라 영·육이 과부하가 생겼다.

차라리 서툴러서 초래된 일이라면 이해를 깊이 헤아릴 수 있겠는데 교만과 무지와 개인 과시욕으로 가해진 일이라 용서가 쉽지 않았다. 그러다 보니 지친 상태에서 개인적인 출판일은 소홀할 수밖에 없는 상황으로 기대치에 못 미치다 보니 아쉬움의 스트레스도 작용했다.

그러나 책임 선상에서 제외되는 개인 일이야 "그래! 내려놓으면 된다!" 하며 자신을 도닥이면 되는데 공적인 일에 있어 도래된 분노는 쉬 가셔지지 않았다. 칭찬이나 분노에 흔들리지 않는 바위가 되고 자신을 위해 용서하라지만 내 안의 어려움이 풀리지 않으니 가볍게 감당해 낼 수 없었다. 자유로워지자 싶어 다 털어 내려놓고 생활이 허락하는 한도까지 혼자 비우며 지내려고 짐을 챙겨 세컨 하우스로 떠났다.

무위無爲에 이른다는 것은 곧 무심의 상태에 도달함을 의미한다.

잠자리를 바꾸고 맑고 밝은 새날 새 아침이 밝아 왔지만 일어나고 싶을 때까지 늦잠에 들었다. 눈뜨면 밥상 준비부터 하다가 밤낮을 바꾸어 살아도 뭐랄 사람 없고 맘 내키는 대로 마냥 자유롭다.

세수할 필요도 없고 휴대폰도 마침 방전상태인 채 그냥 방치 해두었다. 시간을 확인할 필요도 없다. 배고프면 찾아 먹고 자고 싶으면 또 낮잠 자고 그러다 좀 무료하다 싶으면 아궁이에 장작불을 피우고 분노도 불씨로 집어넣어 태우고 고구마도 몇 개 은박지에 말아 넣어두면 식사가 된다. 무엇을 해야 할 필요도 의무도 의욕도 관심도 없다. 가불하며 지내던 걱정 근심도 사라져 버렸다.

고요만이 내가 움직일 때마다 그림자 되어 따라다닌다.

온갖 새들이 밤과 낮을 가리며 찾아 울고 노래하고 바람에 스치는 댓잎 서걱이는 소리. 그저 대자연의 곱고 편한 소리들이 점점 나를 정화 시킨다. 집안에 인기척이 들자 들고양이 한 마리 문을 두드린다. "야옹!" 하고 쳐다보면 전에는 맞장구쳐 주었던 성대모사도 생략하고 내 밥 한술 푹 떠 생선 뼈에 말아주며 눈웃음만 건넨다, T.V도 꺼버렸다. 장작불 지핀 돌 구들장 따끈따끈한 아랫목에 얇은 이불 하나 깔아놓고 등을 묻어 큰 기지개 한번 쭉 뻗으니 엉켰던 오장육부의 뼈와 피가 사르르 녹는다. 지금 몇 시인지, 낮이 몇 시간 흘러야 저녁이 오는지도 모른다. 해가 있으니 낮이다. 배도 안 고프다. 그냥 편하다. 해야 할 숙제도 없고 무엇을 알아볼 것도 없고 무엇을 해야 할 일도 없다. 무위다. 비용도 들지 않는 벽 안의 무위, 다 내려놓고 지내니 이토록 편하고 좋은 것을~ 더불어 고요와 햇살과 빈 공간이 이렇게 좋고 행복할 수 없다.

그냥 눈에 보이는 현상들이 다 정겹고 부담 없다.

대자연과 주변 환경이 내면에 미치는 영향이 이리 큰 치유의 물줄기임을 방치했다가 뼛속 깊이 체감하며 감사로움으로 가슴이 촉촉해왔다.

이는 세포가 제자리를 찾았다는 방증이기도 하다. 살아오고 가는 세월, 가끔 묵언의 피정은 어느 순간 텅 빈 고요에 이르게 되고 그러한 텅 빈 고요함에 이른 사람의 행위는 물 흐르듯 자연스럽다. 그러므로 자신을 있는 그대로 드러내며 주관이나 욕심을 고집하지 않고 순리에 따르니 자유롭다. 더불어 정화된 마음은 타인에게도 한없이 유연하여 소통을 이룰 수 있다. 샘물은 자꾸 퍼내고 비워야 맑고 깨끗한 물이 샘솟듯 우리 마음도 마찬가지이다. 쓸데없는 오욕으로 꽉 차올라 터질 것 같았던 마음을 다 퍼내 비우니 영혼이 맑아지고 자유로운 존재가 되어 저 푸른 하늘을 유유히 비상할 것만 같다. 그 자유는 오직 자신만의 결단으로 가두기도 하고 열어 해방 시키기도 한다.

시계時計

시계의 역사를 살펴자면 우선 먼저 밤하늘의 별을 보고 시간을 알아내던 북반구의 유목민들을 유추해 봐야 한다. 밤하늘에 반짝이는 북두칠성은 국자처럼 생겼는데 그 국자의 손잡이 부문, 즉 여섯 번째와 일곱 번째를 이은 부분이 하나의 거대한 시곗바늘의 역할을 하는 시침時針인데 칠성의 부분이 가만히 있지 않고 하룻밤에도 계속 회전한다. 유목민들은 밤하늘의 이 부분을 보고 지금 몇 시인지를 알아 칠성은 밤하늘에 걸려 있는 거대한 시간의 신神이었다.

그 후 수천 년 전부터 시간을 측정하는 해시계와 물시계가 있었는데 이들은 보통 수평적으로 배치되어서 가까이 가서 들여다봐야 하는 구조였다.

그다음으로 세워진 시계탑은 반면에 수직으로 세워졌고 어디서나 잘 보였다. 그 덕분에 옛날에 "동틀 때 만나자"고 하던 약속이 "아침 몇 시에 만나자"로 대체되었고 또 정확한 일과가 가능해졌으며 시간의 중요성도 인지되기 시작했다. 서양에서 시계탑이 시작된 건물은 바로 교회였다. 십자가 탑이나 건물 끝이 뾰족하고 높게 되어 있었으니 시계를 부착만 하면 되었고 그래서 교회의 시계탑은 마을의 유일한 시계였고 또 새벽녘엔 차임벨 소리로 기도 시간을 깨우치며 그 하루의 모든 일과를 보이지 않는 손에 의탁하며 경건한 새벽을 열기도 했다. 삼종을 알리는 성당의 종소리는 또한 얼마나 아름다운 시간의 나침판이었던가. 꽤 오랜 시간 동안 시계탑은 '랑데부 포인트'의 역할도 했다. 스마트폰이 없었던 시절 친구들끼리 여행을 떠날 때 서울역 시계탑은 대표적인 약속 장소였다. 시계탑은 예나 지금이나 우리에게 영적 평온함을 주는 매개체임은 틀림없다. 각 가정에서는 안방 벽 한가운데 기다란 괘종시계 하나쯤 걸리면 부티가 났고 탁상시계 하나쯤 있으면 세련된 집이었다. 손목시계는 아주 부자들, 아니 바깥출입을 하는 어른 분들만 다문다문 금장시계를 찰 수 있었던 시절이기도 했다. 60년대 초 내가 중학교 2학년 때였다. 그 시절엔 손목시계를 찬 아이가 한 반에 그저 한두 명이었다. 하얀 시계 판에 검은 가죽 줄을 한 네모진 시계였다. 그 친구 손목에 눈이 자주 갔고 남달라 보였다. 왜냐하면 쟁쟁한 부잣집 아이들도 시계를 차지 않았던 시절이었으니 말이다. 중학생 때 하숙 생활을 했던 나는 방학이 되면 집으로 가곤 했다. 아버지께서는 마침 며칠간의 출장을 다녀오셨다. 누나인 내가 손목시계를 갖고 싶어하는 눈치를 챈 장난끼 많은 남동생이 내게 "누나! 아버지가 누나시계 사왔어!" 하고 일러준다. 나는 벅찬 마음에 공연히 가슴이 뛰고 어디에다 두셨을까 궁금하기 이를 데 없었지만 아버지가 시계를 건네 줄 때까지 참아내기로 했다. 어머니가 시집오실 때 해 오신 오죽烏竹으로 만든 장롱이 있었는데 우리 집은 귀한 물건은 그 장롱 속에 넣어두는 편이었다. 차마 내 손으로 열어보지 못하고 시계 소리가 나는가 싶어 장롱문에 귀를 가만히 대고 숨을 죽였다. 고요 속에서 아주 작은 착각의 시계 초秒침 소리가 재깍재깍 나는 듯도 했지만 청각적으로 확신할 만한 소리는 감지 못했다. 그러나 언젠가 건네받을 수 있다는 희망은 더욱 참을성을 고조시켰다. 며칠이 지나도 아버지는 그냥 출근만 하시는 그 적에야 남동생한테 속은 것을 알았다. 사실 아버지는 내가 그토록 시계를 갖고 싶어 하는 줄 모르셨다. 그해 겨울에서야 반 친구가 찼던 하얀 손목시계 바탕에 검은색이 아닌 난, 고동색 가죽 줄을 한 시계를 내 가느다란 손목에 차고 소원을 풀었다. 한 번 마음에 두면 이루어야 직성이 풀리는 성격도 한몫한 셈이다. 애지중지하며 세월은 흘러 제대로 인생의 새 출발을 하는 결혼예물로 약혼 시계를 준비했는데 스위스제 진품(라도) 시계였다. 그땐 예물의 수준으로 가치척도를 재기도 했던 시절이라 다소 과용하기도 했었는데 남편은 오십 년이 지난 지금도 그 시계를 귀히 여기며 차고 다닌다. 그 이후로는 시계가 각양각색으로 나오기 시작했고 급기야는 나라나 교회나 직장에서는 축일이나 축하할 일이 있을 때면 기념품용으로 특별제작에 들어가기도 했다. 선물 받은 것도 제법 되어서 차곡차곡 소장해 두었는데 한 번도 사용하지 않은 시계가 여러 개 되고 보니 그토록 간절하게 시계 하나를 취하기 위해 장롱 속을 귀 기울이며 마음 조였던 중학생 시절을 생각하니 격세지감이 아닐 수 없었다. 1984년 한국천주교에서는 교황님 한국 방문 기념으로 금장시계에 시계 판에는 눈부신 예수님의 부활 모습을 새겨 넣었는데 시계가 아주 알맞게 손목에 착 감기는 촉감과 크기와 디자인이 마음에 쏙 들어 언제부터인가 어떤 값진 보석들보다 예수님 시계 하나만을 악세사리 겸 차고 다닌다. 선물 받은 시계 하나는 디자인은 아주 세련되고 예뻤지만 늘 차고 있지 않으면 시계추가 멈춰버린다. 그럴 때마다 외출하기 위해 깨우고 달래며 손목에 걸고 나가곤 해 번

거롭고 귀찮았다. 그런데 예수님 시계는 약이 떨어지지 않는 한 멈춤이 없다. 마치 알파와 오메가처럼~ 요즘 명품 시계로는 스위스의 <리슐리외,에어로워치>와 독일의<알만우스>가 명품으로 사랑받고 있는데 명품이 따로 없다. 내가 편하고 마음 맞는 것이 명품이다. 요즘은 스마트폰의 출격으로 거의 시계를 차지 않는 시대가 도래했지만 나는 보석 팔지 대신 예수님 시계를 수호신처럼 모시고 다닌다. 내가 마음에 드는 시계를 선택해서 취하듯이 우리 인생도, 또한 세월도 고장 난 시계처럼 멈추었다가 다시 깨우면 또 출발하며 살 수 있다면 어떨까? 유행가 가사처럼 세월은 고장도 없단다. 시간에 매이고 발목 잡혀 허둥대며 사는 삶. 그러나 그 시간을 어떻게 쓰며 살았느냐에 따라 인생도 세월도 각자 다른 현세를 누리기도 하고 질척대기도 하며 살아가고 있음을 본다. 우연인지 필연인지는 모르겠으나 중학생 때 내 로망이었던 시계 1호 그 친구는 시계의 시간관념에 일찍 눈을 떠서였을까 결혼과 동시에 미국으로 진출하여 한국을 상징하는 "아리랑"이라는 대형마트를 시댁 식구들과 창업하여 전 미주마다 지점을 두고 운영하는 대 명문 기업가의 식솔로 우뚝 서 있다. 시계 속의 시간이 모여 세월이 되고 그 시점을 토대로 억만년을 살아왔고 또 지구가 끝나는 날까지 움직이며 살며 지켜야 할 시간, 세월이다. 윤석중 님의 "넉 점 반"이라는 동시 한 편을 음미해 본다.

아기가 가겟집에 가서
"영감님, 영감님 엄마가 시방 몇시냐구요!"

넉점 반이다!.

"넉점 반, 넉점 반"

아기는 오다가 물 먹는 닭 한참 서서 구경하고

넉점 반, 넉점 반,

아기는 오다가 개미 거동 한참 앉아 구경하고

넉점 반, 넉점 반,

아기는 오다가 잠자리 따라 한참 돌아다니고

넉점 반, 넉점 반,

아기는 오다가 분꽃 따 물고 니나니 나니나

해가 꼴딱 저 돌아왔다.

"엄마! 시방 넉점 반이래!"

티 없이 해맑은 자유로운 영혼이 너무도 여유롭고 편하다.

이렇게 시간에 매이지 않고 의식할 때만 시계가 돌아갈 수 있다면 얼마나 편할 것이며 아마도 세상은 전연 다른 지구의 모습으로 살게 될 것이다.

시계는 누가 무슨 짓을 하건 이유없이 규칙적으로 틀림없이 돌아가며 채근한다. 돌아다보니 지나온 내 삶의 시간 들이 시계를 다소 시각적인 장식품 적 가치만의 개념으로 살아오지는 아니했던가? 오늘 새삼 시계 본연의 의미를 되찾고 보니 과연 시간을 낭비하지 않고 가득 채우며 잘 살아왔는가? 시간과 세월을 가치 없는 것에 낭비하며 안일하게만 살아오다가 문득 일분일초도 어김없이 돌아가는 초침을 포착할 때면 내 남은 여정이 마치 못다 한 숙제가 쌓인 듯 조급해지고 또 그

조급함이 두려워 지고 무서워질 때가 있다. 나의 시계는 지금 만추晩秋 이고 석양에 걸린 노을이다.

해후 邂逅

유난히 눈이 많이 내린 지난겨울이었지만 날씨도 사뭇 풀린 듯 초봄 햇살이 제법 따뜻한 아침이다. 코로나로 인해 거의 삼사 년을 가보지 못한 홍천 삼마치 마을 높은터. 그곳은 십여 년 전에 내가 운영했던 홍천 전통 불한증막이 있는 곳이다. 들리는 얘기에 의하면 운영이 어려워 경매에 부쳐졌다는 소식도 있고 더욱 한번 방문하고 싶었던 것은 마을 어른들의 안부가 궁금했기 때문이다.

한증막을 운영하는 동안 정이 푹 들었던 사람들이었다. 특히 각별한 정을 나누었던 너댓 집을 위해 기정 떡을 준비했다. 홍천 양지말 화로구이에서 진입해 높은 터로 향하는 길에 들어서니 감회가 서려왔다. 이 길을 거의 십여 년을 춘천에서 오르내리며 출퇴근을 했으니 말이다. 이 길은 초여름 밤엔 길옆에 흐르는 계곡물과 논에서 놀던 개구리들이 차들이 지나며 비치는 헤드라이트 불빛 따라 뛰어올라 길을 덮으면 사람들은 그물로 포획해 요리를 해 먹던 추억이 파노라마 되어 떠오르고 길옆 야산을 덮은 만산홍엽 가을 단풍은 그 어느 명산보다도 아름답기 그지없었다. 봄에는 온 산에 돋아난 청정 산나물을 뜯어다 무쳐 먹고 타고 남은 화덕 불에 오리고기를 구어 쌈으로 먹고 한겨울 눈이 내리면 한증막 손님들은 설경에 취해서 꼭 1박을 했다. 이름도 생소할 정도로 깊었던 산골 높은터, 육이오 사변 땐 골이 깊어 피란민들이 들어 왔던 곳, 그런 곳을 우리 한증막이 들어서면서 tv스카이 라이프를 설치하고 휴대폰 기지도 세우고 비포장도로도 깨끗하게 처리해 주고 시내 뻐스 운행회수도 늘렸다. 외지 손님들이 고급차들을 몰고 줄을 서서 드나들고 자주 가지 못했던 목욕탕을 그것도 마을 사람들이라 반액 특혜로 대접해 주니 완전히 새 세상을 만난 터였다. 이전에는 이 마을 사람들이 자기 사는 곳을 감추었는데 지금은 누가 묻지 않았는데도 높은터에 산다고 말할 정도로 바뀌었다.

마을에 들어서니 얕은 산 음지엔 잔설이 제법 쌓여있고 집집마다 문들은 열렸는데 사람은 보이지 않는다. 정류장 옆 마트 앞에 자리한 노인정을 찾아 드니 대문에 지팡이가 놓여있어 문을 열었더니 마을 어른들이 모두 모여 있다가 우리 부부가 들어서니 손잡고 끌어안으며 그렇게 반길 수가 없었다. 그동안 너무도 보고 싶었다며 손을 놓을 줄을 모른다.

마침 찾아 뵈오려 했던 분들도 모두 계시기에 떡을 내놓았더니 입이 얌얌하던 차라 어찌나 맛나게들 드시는데 팔십 대 후반을 훨씬 넘고 구순이 넘은 할머니도 모두 들 그렇게 정정할 수 없었다. 청정한 구역에서 아무 욕심 근심 걱정 없이 요즘 복지시설 환경에 힘입어 이렇게 매일 얼굴 보며 웃고 먹고 서로 아우르며 지내고 보니 그처럼 건강 장수 하시는 듯했다. 모처럼의 해후를 뒤로하고 우리가 운영했던 한증막을 찾아드니 황폐해진 우람한 몸체가 너무도 먹먹했다. 그렇다. 사람이나 동,식물이나 집이나 물건이나 주인을 잘 만나야 된다. 특히 영업하는 곳은 특별한 관리가 필요하다. 얼마만큼 찾아오는 손님들에게 편안하고 힐링될 수 있는 환경을 만들어 주고 친절하게 대해 주느냐가 관건이다. 해발 사백 고지는 시내와 온도 차이도 있다. 도시에서 찌든 때를 벗어 보기 위해 작약,다알리아, 채송화, 금송화, 코스모스, 해바라기를 심어 추억을 소환했고 병풍처럼 둘러싸인 산림에 맞게 통나무 휴게실로 환기를 도왔으며 조금은 손해를 보더라도 후하고 친절하게 내 집에 온 손님들이 불편하지 않도록 우리는 운영을 했었다. 장삿속에만 치우치면 다 잃는다. 운영의 묘를 살려야 한다. 그런 풍치와 환경이 좋아 찾아들던 사람들이 새로 인수한 주인이 완전 서울 대도시 찜질방형으로 변신을 해놓았으니 가까운 곳으로 가지 굳이 먼 산촌까지 찾아 들겠는가. 방대하게 실속 없는 투자를 한 것도 패인의 한 요소가 아닐까 싶다. 물론 코로나 등 환경적 흐름도 간과할 수는 없다. 그 옛날 이 마을 사람들이 이곳 샘터에서 퍼 날라 마셨다는 샘터, 펑펑 솟아나는 1급수 지하 샘물이 너무도 아깝게 다가왔다. 씁쓸하게 정들었던 길을 걸으며 우리가 한증막을 개업한 초기에 쏟아지는 눈 속에서 어느 손님이 경사진 길을 내려가다가 차가 논에 박혀 전 직원이 총출동하여 건져 올리던 추억이 빙그레 미소 짓게 하였다. 그런 고생을 하고도 한 주일이 멀다 싶게 또 찾아들던 그곳. 길가 초입에 살면서 술만 먹으면 우리 한증막에 들어와 술 세를 부리던 신씨가 우리 부부를 보더니 남편을 끌어안고 몇 바퀴나 맴을 돌며 반가워한다. 요즘 어느 친척이 이처럼 반겨 맞아줄 수가 있을까 싶도록~.

그동안 너무 보고 싶었고 이제는 술도 끊고 교회에 열심히 다니고 있다며 파안대소한다. 너무도 진한 해후였다. 오는 길에 먹으려고 남겨 두었던 기정 떡 한 상자를 두 부부에게 안겨주고 돌아오는 길은 내내

행복하고 십여 년 동안 이곳에서 생활했던 삶의 흔적이 바로 이런 것
이로구나 했다. 덕불고德不孤 필유린必有隣이라. 덕을 베풀면 반드시 이
웃이 있다는 글이 오늘따라 잠언으로 남는 해후의 하루였다.

익어가는 강

　어느 날부터인가 가까운 지인들과 친구들이나 짝들이 하늘에 별이 되었다는 소식들이 찾아들기 시작했고 잘 지내느냐는 안부 전화엔 화통한 답을 내지 못하고 서로 '그럭저럭'이라는 미묘한 답을 전하면서 문득 그리 깊이 생각지 않던 살아서는 갖지 못하는 이름들, 까마득히 하늘로 떠나가신 부모 형제가 그리워지며 계실 때 살갑게 해 드리지 못했던 무관심이 새삼 뼈에 사무치는 마음을 돌아보니 내 나이 산수傘壽에 와 닿아 있었다. 살아오면서 한 번도 가문과 부모 형제 속에 태어나고 지내온 세월을 원망하고 후회해 본 적 없다. 지금도 또래들의 지나온 환경과 세월의 흐름을 들을 때면 조용히 하늘과 부모님의 은덕으로 세상 물정을 모르고 살아올 수 있음을 감사하며 살아왔다. 비록 시골에서 살았지만 푸른 하늘과 흰 구름에 또렷하게 와 닿는 해맑은 산과 들, 그리고 조약돌 위로 송사리 쉬리 떼 뛰노는 맑은 시냇가, 목화꽃 피고 지고 집집마다 담장 없이 들고 나며 정을 나누는 이웃 친척들과 어울려 사는 곳, 나의 서정을 심어주고 키워준 태 묻은 유년의 향리였다. 어디 시냇가뿐이런가. 해당화 곱게 피고 해송들이 키재기하며 푸른 파도 넘실대는 동해바다를 지척에 두고 자랐다. 사람의 인성은 자라온 환경과 무관치 않다. 유난히 남의 이목과 예의범절과 타인을 먼저 중시하는 조부모님과 부모님 밑에서 살아온 세월은 쉬 변할 수 없었다. 걸어온 해맑은 환경처럼 심성도 항상 맑고 밝았다. 학창 시절은 남들보다 많은 혜택을 누리며 살면서도 더 욕심스럽게 불만이 많았다. 질서와 원칙을 지키며 모범적으로 살려고 애쓰다가 때로는 너무 답답해서 일탈을 꿈꾸기도 했을 무렵 결혼이라는 생의 전환점은 새로운 출찰구가 되기도 했다. 그러나 철없었던 선택은 오래지 않아 전연 다른 가족관계들로 먹던 물을 다시 먹고 싶은 목마름이 도래했고 고생이라기보다는 많이 답답하게 살아온 세월이다. 어쩌면 삶은 살아 가는게 아니라 살아내야 하는 것인지 모른다. 삶의 축 중심이 어디냐에 따라 행복감의 높낮이가 달라진다. 행복을 쫓는 일보다 다행을 감사하는 마음이 오히려 행복지수를 높이는 역설을 생각해 본다. 그러했기에 한 생을 무난하게 견디며 살아왔다. 서울을 거쳐 수원에 둥지를 틀고 한창 혈기 왕성해야 할 시기에 남편은 병원 출입이 잦았다. 더 나은 미래를 위해 공부하며 직장생활을 하다 보니 과부하가 온 것이다. 가뜩이나 몸이 허약했던 난 매우 힘이 들었고 그러다 보니 마음도 허약해질 무렵 찾아든 신앙생활은 든든한 버팀목이 되어 주었다. 고되고 쓰린 일상을 십자가에 빗대어 생각해 보면 세상 속에 살면서 세상에 속하지 않는 듯 살아가는 것, 서로 힘들어 마음에 상처를 내는 삶의 고통 가운데 그 고통이 전부가 아님을 알고 견디는 것이 십자가의 삶이라 했다. 남편은 건강을 되찾고 스테파노 성인의 이름을 빌려 하느님의 자녀로 태어났다. 마침 아들이 성당 마당을 함께 쓰는 소화초등학교에 입학이 되어 성당에 많이 머물게 되었다. 아이의 하굣길을 기다리는 동안 성당에서 여러 단체가 필요로 하는 꽃꽂이 봉사를 하며 신과 암묵적인 대화와 교감을 키우기도 했고 성가대 활동으로 영성을 쌓고 교우 형제자매들과 돈독한 신.망.애도 쌓으며 체질과 영성을 함께 키워낼 수 있는 디딤돌이 되었다. 산을 좋아하시는 신부님을 따라 전국 명산과 더불어 해외여행까지 누릴 수 있는 은총 속에 마음속 근육도 점점 쌓여갔다. 어느 땐가 해외여행을 떠날 때 시어머니께 도움을 청하기로 하고 준비했는데 떠나기 전날까지 오시지 않는다. 내일 오시기로 했으니 걱정말고 떠나라는 남편의 말에 한 점 의심 없이 그렇게 알고 다녀와 보니 시어머니께 알리지 않고 손수 밥해 먹고 출근하면서 아들 등교도 시키고 했었다. 무슨 버거움으로 그런 마음을 먹었는지 알 수는 없으되 그때는 그리 깊이 생각 못했는데 지금에 와 생각하니 얼마나 철없는 아내, 엄마였는지 오랜 세월이 흐른 지금에도 미안하고 가슴이 저려온다. 이 나이 되어 때로는 저녁 찬거리 대신 안개꽃 한 다발을 장바구니에 담고 싶고 가격표를 먼저 살피지 않고 옷을 사고 싶고 뒷바라지하는 일이 버겁고 짜증 날 때가 있지만 그때의 고마움을 생각하면서 나를 잠재우기도 한다. 남편과 아들의 격려와 희생덕에 "길 위의 침대"라는 여행 에세이집을 엮어낼 수 있었으니 가슴으로 느끼는 고마웠던 감정은 언젠가는 귀환함을 본다.

아들이 대학입시까지 마칠 무렵 남편 직장에서 승진하면 고향 근무처에 한 번 거치는 전례에 의해 바로 춘천으로 발령받고 농협 강원 연수원 사택에 기거하게 되었는데 맑은 하늘과 고요로운 춘천이 주는 서정이 살고 싶은 생각이 들게 하였다. 그 길로 어머니를 하늘로 보낸 수원 생활을 정리하고 호반의 도시 춘천에 인생 세 번째 둥지를 틀었는데 강원도라 의외로 강릉 사람들이 많이 살고 있었다. 인생은 참 알

수 없는 여정이다. 전연 예기치 못한 사업을 하게 되었다. 홍천군 삼마치 높은 터에 동양 최대의 불한증막을 짓고 운영하며 다양한 여러 군상의 인간사를 경험해 보았다. 성공적인 사업을 하며 얻은 교훈은 이윤만을 추구해서는 실패한다는 진리를 깨달았다. 찾아오는 손님들에게 친절과 베풂이 있고 또 오고 싶은 환경을 만들어 주어야 성공한다는 사실을-. 춘천에 터를 잡고 남편이 직장생활을 하다 보니 여러 도시의 책임자로 발령을 받아 임지마다 사택에 거주하며 일상이 여행 같은 생활을 하기도 했다. 곳곳마다 특별한 아름다운 곳들을 찾아보며 망중한을 즐겨보기도 했으며 교통사고로 골절을 당해 생.사의 기로에서도 신경과 인대를 마치 골라 보호하듯 살려 휴유증 없이 살아 갈수 있게 하신 기적을 체험하며 허공 어디선가에서 나를 굽어보시며 수호하시는 하느님의 가호와 시선을 확인하는 순간이기도 했다. 직장생활은 영원할 수 없는 것, 편하고 유복했던 시간 들을 철수하고 춘천 집으로 귀거래사를 불렀다. 대책 없고 철없던 청춘은 다 지나고 몸과 마음이 하루하루 소멸의 단계를 밟기도 했다. 때로는 행복했고 때로는 호기도 부렸지만 내 안에 내가 너무 많아 쉴 자리가 없어 외롭고 공허했던 시간 들을 신앙은 큰 병풍이 돼 주었다. 산수傘壽에 이른 이 아침. 아침 식사를 위해 달걀을 삶는다. 물이 끓은 후 바로 넣고 약 오 분 동안만 끓인다. 그래야만 노른자위가 단단하지 않고 반숙으로 남는다. 잠시 눈 돌린 순간 시간은 오버 되어 노른자위가 딱딱하게 굳는다. 토마토도 살짝 팬에 기름을 붓고 익혀 내는데 역시 지키고 있지 않으면 껍질에 옹이가 생긴다. 지나온 세월 몇 분을 익혀야 되고 어느 지점까지 익혀야 되는지를 가늠하지 못하고 살아온 것 같다. 이 순간이 마지막인 것처럼 살아내지도 못했고 오직 신神에게만 맡기고 의지하며 기도를 통해 살아온 삶, 나의 기도는 늘 하느님을 향해 쓰는 일기장이었다. 지도도 없이 걸어온 발자취를 돌아다 보니 먼 산에 도달하느라 힘도 들었고 긴 강을 건너느라 다리도 아팠지만 오를 수 있는 산과 건널 수 있는 다리를 놓으며 살아왔으니 후회는 없다. 노년은 지혜에 갈급한 시기가 아닌가. 인생은 결국 범사에 감사하며 사는 것과 내가 좋아하는 일을 하며 사는 두 가지이더라. 온갖 굴곡과 평원을 거치며 쉼 없이 흐르는 강물 같은 인생.

콜롬비아 메타주의 세리니아 카레나에는 <카노 크리스탈>이라는 세계에서 가장 아름다운 강이 있다. 이 강은 강기슭과 바닥이 암석으로 되어 있어 비가 와도 물이 혼탁해지지 않으며 오색색깔로 아름다운 이 강은 강 자체가 평범한 물길을 따라 흐르지 않고 폭포, 웅덩이, 동굴의 지형을 만나며 변화무쌍하게 물길이 흘러가기 때문이라고 한다. 마치 우리네 인생, 나의 지나온 삶과 같은 카노 크리스탈 강에 노을이 지면 오색 찬란하게 물들어 비치는 풍광이 찾아드는 세상 사람들에게 잊지 못할 추억과 무언의 진리를 깨우쳐준다고 한다. 하루를 끝내고 서녘 하늘을 붉게 물들이며 익어가는 노을처럼 지나온 삶의 무게를 그 아름다운 강물에 띄워 보내고 하늘에 걸어 보며 비록 인생의 끝자락에 와 있지만 이 순간이 시작인 것처럼 내 안에 지혜와 포용의 소낙비 내리면 나의 남은 여정도 저 아름다운 <카노 크리스탈> 강과 노을처럼 내면과 표면이 함께 어우러져 더욱 아름답고 곱게 익어 갈 수 있지 않겠는가. 그렇게 익어가길 소망하며 꼭 그렇게 익어 갈 것이다.

제 **3** 부

일상이 여행인 삶

고택

바쇼가
툇마루에 앉아 있네.

깊고 그윽한 거택에
흐르는 고운 빛, 꽃과 나무들
하이쿠 시다.

달래촌

"여보! 내일 떠납시다! 문원당!"

"그래요! 알았어요!"

몇 박 며칠 정한 날짜가 필요 없이 맘 내키는 대로 출발하면 된다.

늘 함께 떠나는 가방에다 짐을 챙기기 시작하고 바로 춘천에서 동서고속도로를 타고 양양으로 향하는 길은 환하게 뚫렸다. 개통과 함께 운행 시간을 엄청나게 줄여준 행운의 고속도로는 휴가철과 주말을 피하면 온통 우리 전유물이다. 남양양 IC를 빠져나오면 직선으로 지경 해수욕장 청 빛 바다가 넘실대고 그 오른쪽 큰길 옆엔 줄 서서 기다려 가며 먹는 소문난 지경 막국수 집이 있는데 오늘도 주차장이 가득 찼다. 본시 식당이 문전성시를 이루면 맛도 있는 법. 감칠맛 나는 막국수 한 그릇씩 먹고 바로 강릉과 양양의 경계선을 분기점으로 오른편엔 남애리, 왼쪽 화상천에서 내리흘러온 냇물이 머주개(마을이름) 앞바다와 합수되는 다리를 건너 삼거리 신호등에서 좌회전해 오르는 길이 달래촌 가는 길이다. 길에 접어들면 또 입소문깨나 난 유명한 입암막국수 집이 소담하고 예쁜 임호분교 정문과 마주하고 넓게 자리 잡았다.

이 집은 오십 년 전 한 겨울밤 마실 꾼들에게 야참으로 동치미에 비벼 대접했던 음식이 변화하는 세태 속에 진화하여 오늘의 기업으로 대를 이어 성장하게 되었다. 양양군에서 접목한 양쪽 배롱나무 가로수를 사르며 냇물을 왼쪽으로 끼고 달래촌을 향해 가는 길목 양지바른 왕대밭 숲속엔 한옥, 문원당이 고즈넉하게 품격을 자랑하며 자리 잡고 있으니 그곳이 바로 틈만 나면 떠나는 일상이 여행이게 한 나의 세컨 하우스이다.

그로부터 2km 쯤 더 올라가면 접하게 되는 달래촌(월천리라고도 부름) 마을은 서쪽 지역은 상월천리이고 동남쪽 지역은 하월천리로 구분된다. 옛 어른들은 이 골짜기에서 연결되는 어성전을 걸어서 넘어 다녔고 이곳 출신 오세인 전 전남 광주고검장이 부임하던 날은 마을에 현수막이 나부끼기도 한 곳이다.

월천은 달 월月에 내 천川자를 쓴다. 이 지역은 하늘에서 내려다보면 내川가 세 개 있는데 하나는 꽃골이고 그 모양이 달 모양을 띠고 있어서 붙여진 이름 두개는 윗 달래(상월천)와 아랫 달래(하월천)이다. 이 지명에 대해 전하는 유래는 크게 두 가지 설이 있는데 하나는 불교 쪽에서 유래한 것이고 하나는 "달래나 보지"의 설화에서 온 것이라고 한다. 또 이 마을 아래, 위를 통틀어서 수동水洞골 이라고도 하는 이곳은 산·강·들·바다가 있는 곳으로 화상천을 사이에 두고 길게 뻗어 마을을 형성하고 있으며 백두대간 아래 윗달래上月川에서 물길이 모아져서 아랫 달래下月川 수리말, 갓바위 동네를 거쳐 머주개(원포리) 앞바다에까지 닿는다. 강江의 생성과 소멸이 함께 이뤄지는 물골로 형성된 마을이고 그야말로 물길을 중심으로 형성된 수동골水洞谷이다. 달래촌은 깊은 산골에 처해 있어서 민속 보존이 잘 돼 있어 수동골은 과거와 현재를 모두 보존하고 있는 민속의 보고이다. 지금도 수동골 농요는 전국 풍물놀이 경연대회에서 수상을 하는 무형문화재로 이름 있는 곳이다. 달래촌은 삼형제봉과 시루봉을 머리에 이고 자연이 살아 숨 쉬는 달래 길과 맑은 시냇물이 있는 곳이다.

시골 집성촌으로 초가집들이 옹기종기 모여 살았는데 루사 태풍 때 한 마을이 쓸려내려 가며 더불어 흙과 함께 덮여 흐르던 달래천은 말끔히 씻겨 내려가 바윗돌 기초 석들이 뼈를 들어내며 분홍 고운 자태를 들어낸 위로 맑은 냇물이 흐르니 글자 그대로 옥계玉溪를 이룬 곳이다. 쓸려간 마을 집들은 군비와 자비로 하우징 하우스로 새로 지어 달래촌 스위스 풍 마을을 이루었다. 지난 4대강 사업의 일환으로 거대한 달래촌 저수지를 만들어 주변에는 트레킹코스도 만들고 금상첨화로 양양군 화花인 배롱나무 가로수 길을 저수지 주변까지 접목시켜 7,8월에는 작렬하는 태양과 함께 배롱 붉은 꽃들이 피를 토해내기도 한다. 저수지에서 위쪽으로 약2km 정도 승용차 한 대가 운전을 잘해야 겨우 안전하게 갈 수 있는 곳엔 '나는 자연인이다' 라는 방송 프로에 출연한 외딴집 한 채에 팔순이 넘은 할아버지 한 분이 살고 있다. 주위 풍광이 저수지가 아련히 내려다보이고 마치 암자(절) 하나 앉히면 딱 좋을 듯한 꽃 골 한 자락이다. 앞 개울엔 크고 작은 고운 자연석들과 맑은 물이 흐르는데 그 물이 저수지로 합류한다. 주변엔 개두릅(엄나무)이 울타리를 이루고 외딴집 뒷산 바위 밑엔 토종 벌통을 놓아 산과 집 주변에 지천으로 흐드러진 싸리꽃 진달래 보랏빛 수국 꽃술에는 꿀을 따는 벌 나비 천국이다. 주변 얕은 산자락과 길섶엔 인적이 드문지라 산나물들이 지천으로 깔렸다. 걸어서 가다 쉬다 나물 뜯는 즐거움이 어찌나 큰지 세포는 춤을 추기도 한다. 저수지 둑에 올라서서 바다 쪽을 내려다보면 야트막한 산과 계곡이 아련해 평화롭기 그지없고 물이 뚝뚝 떨어질 듯한 청 빛 하늘, 그런 봄날 아스라이 저 멀리 펼쳐지는 바다는 하늘빛과 합창을 하며 넘실댄다. 저수지 입구 맞은편엔 너무도 운치 있는 한정식(달래촌)집 하나가 목조건물로 자리했고 그 뒤편엔 힐링 센터도 하나 들어섰다. 이 맛집은 영농조합에서 운영하는 이 지역 자연산 산나물들과 약초를 메뉴 재료로 해서 쓰는데 식당 주인은 외지에서 들어온 사람으로 시골다운 인정은 없지만 음식이 깔끔하고 다른 곳에서는 흔치 않은 격조 높은 밥상을 내고 있어 마을 사람들보다 정작 외지에서 찾아오는 손님들이 주를 이룬다. 트레킹 코스가 있어 주말이면 관광버스로 한 차씩 풀어놓기도 하는데 특히 달뜨는 저녁 만찬 풍경은 절정을 연출한다. 그윽한 달빛 어린 바깥 풍경과 식당 내부에서 풍기는 은은하고 은밀한 분위기 조명에 지인들을 대접하는 내겐 환상의 추억을 선물하는 곳이기도 하다. 이런 밤엔 누군가에게 전화를 걸고 싶은 밤이기도 하다. 식당에서 2~3분 거리에는 미국에서 살다 휴양 차 이곳 산속에 보이 차 다실을 연 다예원이 또 이곳 특별한 운치를 선사한다. 주로 다양한 보이 차만 다루는 이곳 주인은 뜰 아래 넓은 채마 밭엔 국화를 가득 심어 가을 국화 철에는 국화 축제를 열어 문학과 함께 특별한 이벤트로 달래촌 골짜기를 후끈하게 달구며 정서를 공유한 미지의 방문객들을 불러들이기도 한다. 적막했던 이 산골짜기에 이처럼 함께 교류할 수 있는 지인들이 내 생활영역 안에서 생활하고 있다는 현실이 축복으로 다가와 나를 들뜨게 한다. 팬션이 들어서고 양지바른 집터엔 심심찮게 별장들이 들어서는 작금이 그만큼 이곳 주변 환경이 선택의 여지가 있었기 때문이라는 결론에 이 한 자락에 터전을 잡았던 조상님들과 신에게 감사드리며 문원당 마당에 돋아난 풀들과도 흔쾌히 씨름하며 행복에 겹다.

'여행' 하면 출발 전 기본이 목적지, 숙박예약, 교통편, 비용, 동행인, 날짜 예약들이 선행돼야 하지만 일상이 여행인 내겐 맘 내키는 대로 떠나오면 된다.

가수 이승철씨가 고교생 딸과 함께 모처럼 여행을 떠나는 특별 이벤트로 방영되는 프로를 보면서 그들의 여행지는 특별하리라 기대를 걸었는데 대관령 알펜시아에 여장을 풀고 놀랍게도 내가 일상으로 다니는 주문진 수산 시장을 찾아 두 부녀가 펄펄 뛰는 생선들을 사고 구운 조개들을 맛보며 여행의 멋을 만끽하는 게 아닌가. 내 일상의 여행지가 저들에겐 큰 행사가 되는 모습을 보고 새롭게 내 위치를 조명해 보기도 했다. 멀리 또는 해외 통관절차를 거쳐야 여행인 양했던 개념을 넘어 가까이 주어진 것들을 살펴 보니 미처 깨닫고 터득하지 못했던 작은 것들이 이처럼 아름답고 편리하고 새로운 여행의 묘미를 만끽할 수 있음이 얼마나 큰 행복임을 잊었다가 새삼 돌아보게 되었다. 어쩜 우리의 삶이, 인생 여정이 여행의 연속 아니던가. 그래서 여행은 더 신비롭다. 설령 원하던 것을 얻지 못하고 예상치 못한 실패와 시련 좌절을 겪는다 해도 그 안에서 얼마든지 기쁨을 찾아내고 행복을 누리며 깊은 깨달음을 얻기 때문이다. 이제 이 소소하게 자리했던 일상의 여행을 달래촌에서부터 시작하여 <일상이 여행인 삶>이라는 타이틀로 제이 제삼의 또 다른 경이롭고 새로움이 묻혀 있는 가까운 미지의 명승지들을 찾아 떠나보려니 가슴이 사뭇 뛴다. 미지의 여행지는 기대와 불안감도 증가시키지만 시간이 지나고 보면 불안은 사라지고 즐거운 기억만 회상되기도 한다. 생의 마지막 순간 천상병 시인처럼 "아름다운 세상에서 소풍, 인생 여정 잘 마치고 하늘로 왔노라!"며 귀천歸天할 수 있는 생이라면 더 바램 없을 테다.

인구, 죽도 섬

　쨍한 햇살에 문원당의 채마 밭엔 상추, 고추, 방울토마토가 싱그럽고 대문 밖 텃밭에는 들깻잎이 춤을 추는 아침, 오늘은 주일미사 가는 날이다.

　이른 아침 식사 후 느긋하게 원포리 해변을 거쳐 남애항에서 점심은 물회 한 상으로 호사하고 쪽빛 바다 흰 파도와 함께 해변을 달리는 그 상쾌함이란 일상이 여행인 나의 삶 한 자락 결정체이다. 남애항은 어부들이 직접 출항하여 금방 잡아 올린 생선회 맛을 아는 마니아들은 꼭 찾아드는 곳이며 여행에 있어 맛집을 찾아 별미를 통해 그 지방의 풍미를 감지해 보는 일은 뺄 수 없는 즐거움이다. 남애항 입구에 들어서면 아주 안온한 곡선의 백사장이 둘러 펼쳐지는데 햇살에 밀리는 흰 파도가 그지없이 평화를 부르고 산모롱이를 돌아들면 산과 바다에 기암괴석들이 펼쳐진다. 이곳은 일출도 멋지지만 잔잔한 기암괴석 사이로 흐르는 월출과 월광 속의 은파는 신비한 대자연의 극치를 연출하여 창조주의 오묘한 힘에 잠시 숙연하게 두 손을 모으게까지 한다. 극치의 풍광이 아니어도 달빛은 무디거나 범법자도 감성을 녹아내지 않을 수 없는 황홀함을 주는데 무속인들은 그 감성을 주체 못하여 안온한 바위마다 촛농을 흘리며 해서는 안 될 행위의 흔적들을 남기기도 했다. 이곳을 지나 전개되는 인구 죽도 섬은 바닷가에 산죽들이 뿌리를 박고 푸른 솔과 침엽수들이 봉우리를 이룬 작은 해변의 섬인데 옛날에는 이 섬이 뭍과 분리된 진짜 섬이었으며 이곳에서 나는 대나무로 화살촉을 만들어 썼다고 한다. 죽도봉엔 누각을 지었고 전망대도 만들었다. 전망대를 오르는 초입 길은 바다 옆에 깔린 웅장한 바위산을 감돌아 오르다 보면 산 입세에 잔잔히 펼쳐지는 파도 위로 남녀 서핑족들이 꽃잎 흩어진 듯 일렁이며 수를 놓는다. 나무계단과 산죽으로 둘러싸인 중간중간에 포토존도 마련하여 바다를 조망케 했고 뒤쪽으론 작은 언덕 위에 평화롭게 앉은 주문진 성당 인구 공소가 아련하게 조망된다. 누각이 있는 전망대에 오르면 삼면이 바다인 창해를 바라보는 풍광은 저절로 환성을 올리게 한다. 산 밑 한 자락엔 이 마을의 수호신인 성황당이 고목들의 품격을 자랑하며 자리하고 있는데 오래전엔 성당 공소 옆에 있던 것을 섬 산자락으로 옮겼다고 한다. 그저 한 시골 바닷가, 고즈넉하고 조용하기만 했던 주막집 마을 인구리가 몇 년 전부터 서핑족과 젊은이들의 축제장이 되어 도시에서 살던 청년 가족들이 둥지를 틀고 노쇠했던 마을 주민들과 서로의 인프라를 나누며 상생하는 미니 해변 젊은이들의 도시로 부각되고 있다. 협소하고 생기 없던 마을은 세련된 상가로 단장을 하고 펜션, 까페와 서구식 음식점들과 산뜻한 숙박시설들이 해변과 조화를 이루며 급기야는 엄청난 고층 호텔이 건축 허가를 받아 주민들과 조망권 다툼까지 유발하는 추세로 도약했다. 다소 완고했던 시골 해변 마을에 서핑족들이 거의 노출이 심한 채 떼 지어 활보하는 젊은이들의 모습을 보면서 격세지감으로 환경변화에 발맞추어야 하는 아이러니가 펼쳐지는 작금의 인구 죽도의 모습이다.

농협 건물이 유일하게 이곳 제일 큰 건물이었는데 1999년도에 전국 농협합병운동으로 현남면 농협과 현북면 농협이 합병 단계에서 농협 본체는 현남면 이 자리에 그대로 위치하고 현남,북을 아우르며 현북면을 상징하고 외지인에게도 인지도가 높은 '하조대' 라는 지명을 부각시키며 책임자의 의뢰가 있어 내가 선정하여 명명하였는데 오늘날 너무도 한적했던 큰길 옆에 위치한 하조대 농협 하나로 마트가 마을의 변화와 관광객 증가로 하루 매출량이 엄청나 타 농협에 추종을 불허하도록 성장하고 있다고 한다. 이렇게 마을이 커 가다 보니 문화 관광 면으로도 도약하여 제법 명망 있는 예술인들도 슬금슬금 터를 잡기 시작해 한여름 밤엔 해변 축제로 낭만을 구가한다. 연예인들도 발길이 잦아지고 특히 어느 영화감독은 이곳에 아예 둥지를 틀고 특색 있는 명작을 꿈꾸며 설계한다고 들었다. 이런 현상은 새로운 도약을 시도하는 장본인들의 선택도 중요하지만 속해있는 지자체의 적극적인 행정 지원이 없다면 불가능할지도 모른다. 시대에 발맞춰 마침 양양군에서는 서핑 양양이라는 기치 아래 전국적이고 세계적인 서핑 천국을 만들려는 의도가 범상치 않아 명실공히 국내 최대 서핑 관광지로 각광을 받고 더하여 땅값이 천정부지로 없어서 못팔 정도의 인구 죽도 섬이 되었다. 오늘 나의 일상의 여행목적지인 인구 죽도 공소는 야트막한 언덕 위 솔밭에 호텔이 들어서면 딱 좋을 듯한 위치에 자리하고 있다.

비록 외형은 빈약해 보이나 이 성전은 오랜 역사 속에 전쟁 시에나 어렵던 시절에는 마을 사람들이 이곳에서 구호 물품들을 받아 생계도 유지하며 생활하기도 했다고 한다. 마당 가장자리에 예수님 성상이 바다를 뒤로하고 양팔을 벌려 서서 양들을 하나하나 품어 안으며 반기는 데 더하여 깊은 연륜을 자랑하는 청송 울타리 사이로 청 빛 바다를 활짝 열어 마음의 때를 확 씻어내 주는 명승지이다. 그런데 넘실대는 청 빛 바다의 조망을 하필이면 정면으로 새로 들어서는 고층 호텔이 천혜의 비경을 삼켜버려 아쉬움을 넘어 원망스럽기까지 한데 그 답답한 심경을 하느님은 성심 안에서 추스르며 해법을 찾으라고 위로하신다. 지자체가 멀리 보지 못하고 근시안적 안목으로 경제만 보고 지속 가능성은 보지 못하는 우를 범하지 않았나 싶다. 천혜 비경이 허물어지면 누가 그곳을 찾겠는가. 자그마한 경당에는 교통이 불편한 이곳 신자들을 위해 신부님과 수녀님께서 오후 3시에 주문진 성당에서 출정해 늘 봉사하는 자매님의 손풍금 소리에 맞춰 미사가 집전되는데 분위기를 애잖게 하는 풍금 소리는 왠지 슬그머니 고백성사를 유도하기도 한다. 가끔은 푸른 눈을 가진 독일인 원로 신부님께서 집전하실 때도 있는데 굳이 이곳에 와 주일미사에 함께함은 시골 노인들이 조금은 서툴고 틀려가며 정성껏 전례를 행하는 해맑은 모습은 참 편안해서 미소가 절로 번지기 때문이다. 유독 눈에 띄는 장애인 청소년 하나가 늘 그 자리에서 미사를 빠짐없이 참례하는 모습이 귀감으로 다가오는데, 가끔 함께하는 낯선 이방인인 내게 전례 중에도 눈을 떼지 않고 "넌 어디서 왜 여기까지 왔느냐?"라고 묻는 듯한 표정이다. 이곳 신자들은 미사가 끝나면 여름엔 국수를 내고 겨울엔 만두를 손으로 직접 빚어 떡만둣국을 끓여내며 가족애로 서로의 정을 나누기도 하는데 맛도 좋지만 사제와 가깝게 마주 앉아 스스럼없는 유대관계를 맺는 훈훈한 시간이기도 하여 도시에서는 도저히 맛볼 수 없는 정경 중의 하나이기도

하다.

해변을 끼고 떠난 주일 여정이 집으로 돌아오는 길은 들과 산길을 택한다. 큰길에서 벗어나 서쪽 논둑길에 들어서면 제법 넓은 도랑둑 길이 이어진다.

승용차 한 대가 딱 들어서면 꽉 차는 억새 둑길 양쪽으로 활짝 핀 억새가 서쪽으로 기울어진 햇살을 받아 은발을 휘날리며 맞이하는 정경은 가히 영화의 한 장면을 연출하고도 남는다. 아무도 없는 무인지경에서 우리 두 부부만이 누리는 호사에 절로 감사의 언어가 쏟아지기도 하는 순간이며 유년과 현재가 맞물려 잔잔한 서정을 주워 담아보는 차분한 순간이기도 하다. 처처마다 고즈넉한 양지바른 곳엔 소리소문없는 외지인들의 별장이 집단으로 혹은 독채로 귀촌을 준비하며 무섭도록 허허롭던 산길 들길을 토닥여 주고 있다. 이제 이 새 주택에 입주해 지근에서 같은 풍토와 풍경과 대기를 공유하며 살아갈 미지의 새 주인들을 생각하니 가슴이 풍요로워지기도 한다. 오늘의 주일미사는 그냥 전례만 끝내고 귀가하는 것이 아니라 주님 주신 말씀에 그분이 만드신 대자연과 유형무형의 소리 없는 축복이 함께 하는 주일날의 여정인것이다. 해질녘 저녁밥은 유명한 막국수 집에서 입맛을 돋우면서 이렇게 주일 여정이 끝나면 나의 일상이 여행이게 하는 전용 숙소 문원당은 굴뚝에 연기를 뿜으며 어디에도 없는 향기로 밤의 향연을 준비한다. 타고 남은 잿불에 고구마를 호일에 둘둘 말아 묻어두면 야참 간식으로 최고의 감성 주전부리일 테다. 멋과 맛과 평화와 사랑으로 하루 일상 여정이 끝나는 깊은 시골 밤, 별 뜨는 밤하늘을 향해 보고픈 이들의 안부를 묻는 순간은 행복 바이러스의 절정으로 저절로 무한한 감사의 기도를 올리게 된다. 어느 예술인은 일상을 예술로 바꾸는게 자신의 일이라고 했다. 이만하면 나의 일상이 아주 소박하고 신선한 여행이 아니겠는가. 이 따뜻한 밤이 새면 내일 또 신이 펼쳐 놓으신 대자연을 두 팔로 맞고 안으며 햇살 같은 웃음과 새로 펼쳐질 삶의 향연을 꿈꾸고 시도하며 또 다른 미지의 여행지를 찾아 방랑 끼 서린 나의 일상은 멈춤이 없으리라.

미천골 米川谷

　홍천군 내면에서 구룡령을 넘어 양양으로 오는 길목에서 접어들 수 있고 양양에선 한계령 오색으로 오르는 양 갈래 길에서 좌측으로 올라가면 송천 떡 마을을 지나 구룡령을 향해 오르다가 수려한 양 갈래 계곡에서 흐르는 냇물 다리를 건너가면 하늘 아래 첫 동네, 수림으로 금방 산소가 진동하는 계곡 길을 향유한다. 새소리 물소리가 너무 맑아 고요로울 지경인 골 깊은 미천골은 천혜의 자연 수림과 수천 년 물에 씻긴 바위와 고운 돌 위로, 사이로 구르는 명경지수는 신선이 노닐다 갈 수 있는 곳이다. 예전엔 비포장도로였는데 지금은 1차선으로 포장되어 있고 제 일 관문은 산림청에서 운영하는 매표소와 펜션이 계곡과 산림에 둘러싸여 풍치를 더해 준다. 조금 더 오르면 계곡물과 산과 현대가 어우러진 명당 명가가 있다. 벌꿀과 펜션 사업으로 천혜의 천국에서 생활하는 삼 남매가 살고있는 곳이다. 이곳은 예전에 삼 남매의 아버지인 김씨 성을 가진 분이 이 골에서 벌목꾼으로 일하다가 삼 남매와 기와집을 짓고 그대로 눌러앉아 살기 시작했다고 한다.

　고개를 젖혀야 하늘을 볼 수 있는 첩첩산중 미천골. 삼 남매 중 두 아들은 대처에서 대학을 다녔고 맏딸인 누님은 집에서 가사를 돌보다 본가보다 더 깊은 골에 터를 잡고 부친으로부터 배운 벌치기로 외동아들을 키우며 친정집 곁에서 살았다. 두 아들은 학업을 마친 후 모두

미천골 본가로 돌아와 살게 되어 명실공히 삼 남매가 이 수려한 미천
골 터줏대감이 된 셈이다. 삼 남매 중 둘째 아들 김 형은 손재주가 뛰
어나서 조금 더 위쪽에 손수 불바라기 산장과 까페와 펜션을 멋들어
지게 지어 피아니스트인 부인과 천국과 같은 분위기에서 가끔은 라이
브로 찾아온 지인들과 손님들에게 새로운 신선미를 안겨 주는데 급기
야는 집 지은 지 오래되지 않은 어느 여름날 하루 펜션에 묵게 되었다.
전에 내린 비로 계곡 물소리는 더욱 높았고 밤하늘의 별은 총총한데
소리죽여 스미는 산새 울음소리, 스치는 바람, 너무 황홀해도 잠은 들
수 없나 보다. 이 둘째 아들은 자기 집을 지은 경험으로 아래 본가에
사는 맏형님네 펜션 집들도 손수 지어 주었다. 본가는 터전이 넓고 계
곡이 휘어진 안쪽 고송 송림 속의 환경 여건도 풍광도 훨씬 좋아 명실
공히 성공한 기업으로 발전하게 되었다. 찾아드는 숙박 손님과 벌꿀과
산나물 사업으로 태어난 원 고향집에서 유유자적하며 건강하고 풍요
로운 삶을 살아가는 삼 남매의 미천골이다. 이곳 골짜기 끝엔 불바라
기 약수가 있는데 이 약수터는 다른 약수터와는 달리 폭포가 쏟아지
는 중간쯤에 약수 확이 있다. 입장료 징수 처에서 폭포까지는 10.5km
의 거리인데 가는 길은 끝까지 피서지 길이다. 울창한 수림과 맑고 아
름다운 계곡을 끼고 가는 길은 명산 드라이브 길이다. 두 형제의 이름
이 바로 명산과 명석이고 보면 미천골과의 생이 그냥 된 게 아닌 듯싶
다. 제 일 야영장과 제 이 야영장이 싱그럽기 그지없다. 힐링의 명소다.
길섶에는 복분자 열매가 주렁주렁 몇m까지 열려있었던 때가 있었는데
지금은 포장도로가 삼켜버렸다. 봄철엔 꽃냄새와 연둣빛 잎새들의 향
연으로, 여름이면 더위를 피해 천국의 골짜기로 찾아드는 피서객들의

유치로 신이 주신 산천 녹음을 맘껏 펴내 주며 가을 단풍은 또 어쩌랴! 한겨울은 교통은 좀 불편하겠지만 설경은 가히 무아지경이다.

이들은 이처럼 신선놀음 생활을 하다가 비수기엔 해외여행을 떠난다.

인생사는 마음먹기에 달린 것. 딸린 자식 없이 두 부부의 이상과 마음이 맞아 격조 있게 살아가는 것도 멋진 인생 아닌가. 이 수려한 미천골엔 천년의 역사를 자랑하며 남긴 선림원지라는 고찰의 터가 보물로 남아 풍치를 더해 준다. 양양군 서면 황이리 미천골에 자리한 선림원지는 원명이 억성사億聖寺이고 이곳에서 홍각선사가 한국 선종의 기틀을 마련했다고 한다. 경서와 사서에 능통한 홍각선사는 십칠 세에 해인사로 출가하여 선禪지식을 쌓았고 영암사에서 참선에 정진하였는데 그 모습과 풍채도 준엄하였다 한다. 원감 대사를 찾아가 수학하고 870년경에 억성사로 돌아와 대대적으로 중창하고 선종의 강원講院을 운영하였는데 그 당시 타 종단의 승려들이 선종으로 이적하여 이때 스님들이 먹을 쌀을 씻은 물이 미천골米川谷을 채웠다 하니 그 위세를 짐작할 만했고 그때 당시 전쟁에서 적군이 미천골에서 흘러내리는 쌀뜨물을 보고 군인들이 얼마나 많으면 쌀 씻은 물米川이 저렇게 계곡을 덮을 수 있을까 싶어 도망을 갔다는 구전이 있기도 하다.

신라 사찰 억성사가 조선시대에는 사림사로 불리다가 1964년 정영호 박사가 최초로 조사한 후 석조물인 보물 제 사백사십사호 삼층석탑 등 넉점을 1966년 구월 초하룻날 문화재로 지정할 때 사지의 명칭을 '선림원지'로 기록하여 지금의 선림원지가 되었다. 옛 이름 억성사에 세워진 홍각선사 탑비는 880년에 승려 김 이관이 입적하자 이듬해 신라 헌강왕은 그의 공적을 칭송하여 그의 법명을 홍각선사弘覺禪師로

하였고 탑명을 선감지탑禪鑑之塔이라 정하여 탑비와 승탑이 세워졌는데 비문 일부가 마멸되어 번역에 어려움이 있었으나 "법이란 것이 본래 진眞도 아니고 가假도 아님을 알아야 선종의 근본에 도달하게 된다. 말을 잊고 고요한 경지에 이른 이가 홍각선사 아니겠는가! 홍각선사는 정신이 뛰어나게 맑고 시원하며 본성의 깨달음이 비범하여 법의 바다를 건너게 해 주는 나루터이자 다리였다."라고 적혀있다. 이런 정황으로 볼 때 미천골에 위치한 억성사와 홍각선사가 한국 선종에 큰 영향을 미쳤다고 볼 수 있다.

헌강왕의 명령으로 병부랑중 김원金苑이 비문을 지었고 승려 운철雲撤이 왕희지체로 썼고 비명은 최경崔瓊이 전서체로 썼는데 이를 보덕사 승려 혜강이 새겼다. 비문에 새겨진 왕희지체는 점·획이 팔팔 뛰려는 것 같고 삼장三藏의 서문과 겨루어 손색이 없을 만큼 뛰어나 조선 후기 양반들이 앞다투어 탁본하려 해 민중들이 탁본 부역에 시달리게 되자 화재를 일으켜 비문의 몸돌이 파손되는 지경에 이르러 양양부사 안경운이 파편을 수습하여 양양부의 창고에 보관하다 1913년 조선총독부의 금석 문수집 통첩에 따라 총독박물관으로 옮겨지는 수난을 당했는데 현재는 2002년 국립 춘천박물관으로 이관되어 전시돼 있고 1985년도 발굴조사 시 출토된 비석 조각 일부는 동국대학교 박물관이 소장하고 있다.

홍각선사의 비문은 신라 말기 왕희지의 글씨가 보급되었음을 알려주는 좋은 자료가 되고 십 세기 전.후에 대홍수와 산사태로 매몰되었었다고 하는데 지금은 복원되어 보물로 지정된 삼 층 석탑 외 석 점과 터가 남아 있는 유적지이다. 2008년에 이 탑의 탁본된 비문을 연구한 결과 글자 수는 천 삼백사십 자 정도로 밝혀졌는데 약 칠백열 자를 확인하여 가로 서른 두행, 세로 사십여덟 자의 비문을 몸돌에 음각하여 절터에 남아 있던 거북 받침돌에 세우고 머릿돌을 덮어서 선림원지에 세우므로 보물 제446호 홍각선사 탑비가 복원되었다. 현대화된 보안 경비 시스템의 보호 아래 천년고찰의 역사를 안고 절 기둥이 세워졌던 흑석 주춧돌들은 자태를 변함없이 그 자리에 의연하게 앉아있었다. 마침 금방 예초기로 풀을 베었는지 돌계단에 올라서니 짙은 풀 향기가 미천골을 진동시켰다. 둘째인 명석씨의 별장집을 찾아 들었더니 그 시각 두 부부는 스페인을 거쳐 산티아고 순례길로 접어 들었노란다. 순례길 부부의 구하는 은총 속에 나의 은총도 곱사리로 주문하고 주변으로 온갖 꽃을 가꿔놓은 울도 담도 없는 빈집을 한 바퀴 돌며 도닥여 주었다. 오늘따라 사람은 보이지 않고 온통 초록의 산천 계곡이 내 뿜는 산소와 물소리에 세포가 벌떡 일어서는 운기를 받아 다소 정체되어 있던 몸이 솜털 같고 혈액은 물길이 찰랑대는 계곡을 삼키며 격한 순환을 서두르고 있었다. 고개를 들고 하늘을 쳐다보니 어찌나 푸르고 평화롭던지 날숨만으로 환성을 질러 보았다.

"그립고 보고픈 사람아, 사람아! 내 숨소리 들리거든 여기
　이 미천골에 천국이 있으니 이리로 어서 달려와 보시라!"

오색약수, 주전골

　아직은 이른 봄이라 난분분한 아침. 오늘은 오색 주전골 탐방과 늘 여행처럼 행해지는 오색 그린야드 약수 온천탕으로 출격이다.

　문원당에서 북으로 동해고속도로를 달리다 춘천. 서울. 양양 분기점에서 깜박하면 방향이 엉뚱해질 수 있는데 바로 오늘 그 현상이 벌어졌다. 남편과 둘이 얘기에 골몰하다 양양 쪽으로 들어서야 하는데 눈 깜짝할 사이 냉큼 서울.춘천 선을 타고 말았다. 내린천 휴게소까지 거의 한 시간 정도 꼼짝없이 가야 한다. 내린천에서 기린을 경유하고 한계령에 올라 내친김에 필레 약수로 들어섰다. 필레 약수 역시 그곳에 약수를 끌어들여 목욕업을 하는지라 약수터에는 정말 약수의 진가를 보이는 듯 겨우 확을 채우고 있었다. 늘 받아 가는 사람들인지 장정 두 사람이 약수통도 크고 야무지게 가지고 와 세월없이 받아 넣고 있었다. 겨우 틈을 타 약수 한 바가지 얻어 마셔보니 약수물이 진하지 않고 미미했다. 백여 미터쯤 더 올라가면 온천탕이 있는데 잠깐 들여다보니 사람도 거의 없고 어둑한 실내가 들어갈 마음이 내키지 않았다.

　뜻하지 않은 한계령 드라이브까지 즐기며 오색 약수터와 주전골에 도착했다.

　이곳 계곡은 루사 태풍 때 흙과 부산물들이 깨끗이 쓸려 내려가 마치 세제로 청소한 듯 그 붉은 바위 색을 발산한 채 그 위로 명경지수가 흐르니 비경이 아닐 수 없다. 이곳 정경은 몸과 마음에 과 부화가 생겼을 때 떠 올리면 평화를 얻고 힐링이 되는 신이 내린 너무 아름다운 걸작품이다.

주전골의 유래는 옛날 강원도 관찰사가 한계령을 넘다가 어디선가 쇠붙이 두들기는 소리를 듣고 찾아가 보니 동굴 속에서 십여 명의 무리가 위조 엽전을 만드는 것을 발견해 대노하면서 무리와 동굴을 없앴다고 한다. 그 후 이곳은 쇠를 부어 만든 주鑄자와 돈 전錢자를 써서 주전 골이라 부르게 되었다.

오색 약수터 역시 그린야드 탄산 온천에서 약수물을 끌어다 쓰는 관계로 약수량이 많이 줄었다. 개발의 폐해다. 오색약수는 천연기념물 529호다. 십육 세기 무렵 성국사의 한 스님이 발견했다고 전하는데 오색약수라는 이름은 당시 성국사 뒤뜰에 자라던 특이한 오색화五色花로 인해 붙여진 이름이며 나트륨과 철분이 섞여 특이한 맛과 색을 가지고 있는 탄산수로 위장병,당뇨,피부,이뇨에 효험이 있다고 한다. 이곳 오색 주전골 계곡의 물빛은 그저 보는 것만으로도 온갖 스트레스가 다 녹아 없어지도록 맑고 청량하다. 봄이면 골을 꽉 채운 마른 가지들이 연둣빛으로 물들어 녹색의 장원을 이루고 여름에는 흐르는 계곡의 물소리와 물빛은 그저 보기만 해도 더위를 잊게 한다. 가을 단풍은 그 어디에서도 볼 수 없는 절경을 이루고 눈 덮인 기암괴석 겨울 산은 가히 설악을 앞지른다. 오색 약수터로 들어서는 바로 위에는 망월사가 있다.

가파른 경사길이라 오를 때는 힘은 좀 들지만 숲 속을 걷노라면 힐링이 되고 올라서면 돌로 조각한 포대화상이 웃는 모습으로 반겨 맞아준다.

이 포대화상은 중국에서 미륵보살의 화현으로 여기는 신앙의 대상이다. 뚱뚱한 몸집에 항상 웃는 모습이었고 배는 풍선처럼 늘어져 언제나 지팡이에 큰 자루를 둘러메고 다녔는데 그 속엔 장난감. 과자. 엿 등을 가득히 담아 마을을 다니면서 나누어 주었기 때문에 사람들은 그를 포화대상이라 불렀고 그의 성정을 닮자는 문구가 돌에 새겨져 있었다. 대웅전에는 마니차(윤장대)가 있는데 '마니'는 우리말로 지폐이고 '차'는 바퀴를 뜻한다. 티벳 불교에서는 글을 모르는 백성이라도 이것을 돌리면 부처님의 말씀인 경전을 한번 읽는 것과 같다고 여긴 절에서 내려와 약수터에서 약수 한 바가지 마시면 톡 쏘는 맛에 체증이 가셔지는 느낌을 받는데 과연 위장병에 효험이 있는 듯하다. 주전골을 향해 한참 오르면 성국사가 등산로 오른쪽 한켠에 자리 잡았다. 이 탐방로는 우리나라 국립공원 중 노약자나 장애인을 위해 마련한 무장애 탐방로 여섯 개중의 하나이기도 하다. 누구나가 편안하고 안전하게 다닐 수 있도록 잘 만들어 놓았다. 성국사 마당에 들어서면 통일신라 시대 양식의 삼층석탑이 있다. 오랜 세월 속에 상층부는 떨어져 나가고 삼층의 탑신만 남았는데 간결하고 세련된 옥개석이 단아하고 아름다웠다. 산사 건물 한편에 벽과 연결된 누대를 건축해 계곡과 연해 있는 멋진 대자연의 풍광을 만끽할 수 있도록 해 놓았다. 망월사와는 달리 계곡 물소리와 새소리만으로도 시름을 놓을 만큼 고즈넉하다. 계곡을 따라 계속 오르면 옥같이 맑은 물이 암벽을 곱게 다듬어 흐르다 모인 선녀탕이 소沼를 이루고 있다. 밝은 달밤에 선녀들이 내려와 날개

옷을 반석 위에 벗어놓고 목욕하고 올라갔다는 전설의 선녀탕이다. 용소폭포는 물 수량이 많지 않아 멋진 제 모습을 백분 발휘하지 못했다. 주전골 최고의 바위라고 하는 독주암은 바위 정상부에 한 사람이 겨우 앉을 정도로 좁다고 하여 홀로 독獨 자리 좌座를 써서 독좌암이라 부르다가 현재는 독주암으로 불리고 있다. 용소폭포를 지나고 선녀탕을 지나서 도보 하산이 불편하면 한계령 길로 빠져나와 차도로 하산할 수 있다. 하산하면 오색약수 입구에는 온갖 산채 약수 음식점들이 즐비하며 맛도 일품이다. 골이 깊고 공기가 맑고 약수가 있는 이곳은 예나 지금이나 휴양지 구실을 한다. 각종 환자들이 정양 차원으로 숙박하며 치유의 기회를 갖기도 하는 곳이다. 죽염으로 유명한 인산가의 우성숙 인산 연수원장은 이곳 깊숙한 산속에 거처를 마련해서 각종 약재와 무공해 음식으로 아픈 이들을 치유의 길로 이끌어 내기도 한다,

케이블카 유치의 일환으로 매머드 주차장은 벌써 현대식으로 설치되어 있고 길 건너편엔 따뜻한 온천물 족욕 체험장 쉼터도 마련되어 있어 등산객들의 뭉친 발을 녹여준다. 주변에 깔린 보도 불록도 마치 엽전을 찍어 내던 틀처럼 생긴 모양이라 다소 특이했다. 이제 이곳 오색리는 대청봉에 이르는 도보 등산로를 떠나 양양군민들의 소망이었던 대청봉에 이르는 케이블카 설치가 최종 승인을 얻어 설치에 박차를 가할 것이다. 관광객 유치는 좋으나 천혜의 자연경관이 혹여나 흐려지지 않을까 사뭇 걱정된다. 늘 개발과 보존은 상호작용을 해야 하는 위치이고 보면-. 그러나 설레임도 있다. 내 생애 대청봉을 두 번 종주했는데 한번은 백담사에서 올랐고 한번은 한계령에서였다. 오색에서 오르는 길을 하지 못했는데 이제는 체력적으로 다시는 가볼수 없었던 오색

에서의 대청봉을 케이블카를 타고 편안하게 또 해후할 수 있다는 희망이 내 세포를 춤추게도 한다. 어쩌면 사람들의 발길이 끊어지면 오히려 자연은 더 살아날 수 있다.

자연을 괴롭히는 만병의 근원이 인간의 발길이고 보면 ~ 골이 깊은 산, 해는 일찍 서산을 넘고 땅거미 질 무렵 오색 그린야드 호텔 탄산온천탕에 들었다. 넓은 평수에 깨끗하기도 하고 평일날이라 온통 텅텅 빈 목욕탕을 전세 낸 듯한데 야릇한 약수탕은 녹물 색을 띠고 처음 입소할 때는 차가운 기운이 도나 한참 잠겨 있으면 몸이 후끈해지는 기운이 돌면서 정말 병이 나을 듯 세포 하나하나가 살아나는 느낌이 돈다. 너무 오래 탕에 머물면 간혹 어지러움증을 동반하기도 한다. 이 호텔은 독일풍 양식으로 지어진 건물인데 숙박실 및 세미나실, 온천탕과 각종 부대시설이 갖추어져 있어 단체 행사장과 각종 특용 먹거리 매장도 운영되고 있는데 관광객들의 편의와 추억의 장을 톡톡히 제공하는 양양지역 명소이다. 훈풍이 불어오는 봄날, 약수 목욕으로 한결 개운해진 기분이 되어 낮 동안 붐비던 등산객들이 썰물처럼 쓸려나가고 없는 달빛 속의 약수터를 찾았다. 무수히 퍼내던 손을 떠나 솟아 철철 넘쳐흐르는 약수를 퍼마시며 신비로움과 감사로움으로 달과 별이 빛나는 밤하늘을 한참이나 쳐다보았다.

사람들의 발길이 사라지니 생태 본연의 신비가 드러나고 있었다. 태곳적 산령山靈의 소리이듯 감미로운 바람이 숲을 뚫고 흐르는 대자연의 원초적 소리!

고요속에 달빛과 물 흐르는 소리뿐인 순간 난 신의 소리를 듣고 본 것만 같았다. 평소엔 느낄 수 없었던 경이로움을 안고 단골 식당에 들러 약수 돌솥 밥에 갖은 산나물, 웰빙 반찬들로 배를 채우고 휘영청 달빛이 내린 오색 골짜기를 빠져나와 집으로 돌아오는 길은 밤하늘의 유성도 빛을 발하며 우리와 함께 달리고 있었다.

어성전

　어성전은 양양군 현북면에 위치한 마을로 해변도로 주문진과 양양 중간지점인 광정리에서 좌측으로 진입할 수도 있고 또 양양 시내 남대천 대교를 건너기 전에 좌측 제방길을 따라 올라가도 어성전으로 진입하게 된다.

　오대산 응봉산에서 내려오는 어성전 계곡물은 법수치리를 거치고 어성전을 돌아 남대천으로 들어간다. 빼어난 경치가 많다고 해 예부터 법수치리와 어성전에는 열 가지 절경이 있을 정도로 수려한 경관을 품고 있는 곳이다. 사계가 다 하늘이 내린 태고적 청정을 유지하면서 다양한 풍치를 자아내는 곳이다. 특히 한겨울 눈 덮인 어성전 골짜기는 그 쌔한 공기와 백설이 빚어내는 설국은 금방 노루가 뛰어나올 듯한 곳이다.

　우선 먼저 어성전 마을에 들어서면 마트 하나와 양지바른 들녘에 집들이 오순도순 마을을 형성하고 있고 큰 다리를 건너 직진하면 면옥치리로 가게 되는데 그 분기점엔 음식점도 자리 잡았다. 좌회전해서 계곡을 따라가노라면 목 좋은 계곡 가장자리로 이름 모를 연수원과 펜션들이 심심찮게 자리하고 끝자락까지 올라가면 십 오만 그루의 표고버섯 목木을 보유하면서 장뇌삼이 자라고 있는 법수치리가 나오는데 그

곳엔 탁 씨 삼 형제가 터줏대감처럼 살고 있다.

내가 이곳 어성전을 자주 찾게 된 계기는 이십여 년 전 남편의 직장 임지에서 농촌 일손 돕기 차원으로 전 직원을 동원하여 법수치리에서 표고버섯 재배를 하는 탁씨 댁을 찾게 되면서부터이다. 맑은 계곡 물가에 글자 그대로 자연산 표고버섯단지였다. 직원들을 위해 금방 빚어 아직 따뜻한 손두부와 포기김치에 막걸리를 곁들인 그때 새참 음식 맛은 지금도 잊을 수 없이 기억에 생생하다.

탁 씨 형제들은 모두 손재주가 깊어 그 깊은 산 속에 대궐 같은 한옥을 손수 지어놓고 표고버섯 재배와 장뇌삼을 기르면서, 여름에는 흙펜션을 지어 민박 사업도 하며 수려한 청정지역에서 생활하고 있는 일가들이다. 이곳 표고는 등피가 마치 거북 등을 닮았고 속이 꽉 찬 질 좋은 화고 버섯으로 유명하다. 한여름엔 온통 계곡 물가엔 피서객들로 민박촌과 텐트족들로 아우성을 이루고 마을 사람들은 한철 사업으로 한해의 수입원이 되기도 한다.

그 인연으로 표고버섯과 장뇌삼을 지인들이나 주변에 많이 광고해 주기도 하고 거래도 많이 트여주며 교류하는 사이가 되었는데 요즘은 그분들도 나이가 들어 많은 양을 출하하지 못해 희소성이 높고 품질이 좋다 보니 재빠르지 않으면 돈을 주고도 못 사는 상품이 되어 버렸다.

깊은 골짜기 산에 심어 놓은 장뇌삼은 도둑들이 들고 또 수해에 거의 쓸려가 버렸다고 한다. 어성전 하면 탁 장사壯士의 전설을 전하지 않을 수 없다.

조선 말기 대원군이 경복궁을 중건하기 위해 재목을 모으던 중 그 황장목이 양양 어성전 개자니골과 강릉 연곡면 삼산리 가마골 경계선 사이에 있었다. 공물로 바치기 위해서 베어 놓은 황장목을 서로 가져 가려고 시비가 일어나 이에 힘센 장사들이 서로 힘을 겨루게 되었다.

강릉 연곡에 사는 권 장사와 양양 서면 탁 장사가 목재를 지고 가기로 약속했는데 권 장사는 그 자리에서 일어나지도 못하고 양양 탁 장사가 목재를 서면까지 거뜬히 지고 내려오면서 그 이름이 알려졌는데 그 탁 장사는 서면 송천 출신이라고 한다. 실제로 법수치리에는 지금도 그 일가인 탁씨 가문들이 살고 있다. 그 삼 형제 중 제일 맏형은 대목장으로 주문이 들어오면 한옥을 짓기도 한다. 팔순 나이에도 깡마른 체구에, 물론 다루는 요령도 가미되었겠지만 무거운 집 재목을 어깨에 메고 유유히 대들보를 올리는 장사여서 놀라웠는데 과연 탁 장사의 면모가 그냥 된 게 아니라 명실공히 선조들의 내력 힘이 작용하지 않았을까 싶기도 하다. 그 후로부터 이곳에 탁 장사 놀이가 시작되었는데 나무 더 오르기, 목재 차지하기, 산신제 지내기, 지게 줄다리기, 장사 힘겨루기 등으로 후계자를 뽑으며 황장목을 지게에 지고 멀리 가는 사람이 제2의 탁 장사로 대우받는 놀이이다.

탁 장사壯士 마을은 전통 테마 마을이다. 계곡의 맑은 물과 천연림이 조화를 이루고 있고 마을을 휘돌아 감는 어성천은 아름다운 자연의 극치를 이루고 여기에서 자라는 고기들은 물 반 고기 반으로 은어, 연어, 메기, 꺽지 등 풍부한 어족자원은 강태공들을 유혹하는 자연의 보고이며 맑은 물에서 노는 물고기 모습이 너무도 아름다워 '내천유어'라는 문구가 어성전의 열 가지 절경에 들어 있기도 하다. 소문 난 절경들도 좋지만 골골마다 숨어있는 작은 산속 소沼들도 운치가 정겹기 그지없는 곳이다. 이 아름다운 청정 보고의 골짜기에 일찌감치 후반기 삶의 둥지를 틀고 들미소沼의 소나타를 노래하며 글을 쓰는 선배님이 계셔 더욱 친근감이 가고 애착이 가는 어성전 마을이기도 하다.

내려오는 길에 면옥치리에 들렀다. 면옥치리 지명유래를 보면 달이 밝아 사방을 비춘다하여 '달아치' 라고 했고 옛날 덕 있는 학자들이 모여 산다하여 '덕들리' 라고도 했다. 한적하고 조용한 시골에 위치한 면옥치리는 뒤로는 병풍 같은 숲이 울창하고 앞으로는 맑은 개울이 흐르는 평평하지만 아주 고즈넉해서 펜션이나 별장지대로 호평받는 마을이기도 하다.

마지막으로 명주사로 향했다. 명주사는 현북면 만월산 자락에 자리하고 있는 도량으로 대한불교조계종 제3교구 본사인 신흥사의 말사로 고려 제7대 목종 12년(1009) 혜명惠明대사와 대주大珠스님이 창건하고 사찰의 명칭을 두 스님의 이름에서 한 자씩 따서 명주사明珠寺라 하였다고 한다. 명주사에는 열 두기의 부도와 연파당 대선사 비등 네기의 석비가 조성되어 있어 이것을 봐도 명주사에는 많은 명망 높던 선사들이 머물렀던 것을 짐작할 수 있었다. 1928-41년까지는 열다섯 동에 아흔다섯 칸 규모를 갖춘 사찰이었는데 한국전쟁 때 모든 건물이 소실되어 현재는 극락전, 삼성각, 종각, 요사채 한 채와 종무소가 있을 뿐인데 요즘 산사들을 보면 옛 건물보다 새로 지은 요사채들이 온통 템플스테이 용 숙박업소로 변했는데 이곳 명주사는 새로 지은 건물이 한 채도 없이 옛 산사의 정취를 그대로 초라할 정도로 소박하게 품어 내고 있었다. 명주사 범종은 크기로 보면 중.소형에 속하고 외형도 그저 평범한 모습이지만 종의 모양과 크기만이 종소리를 결정하지는 않았다. 시심詩心가득한 이곳 사람들에게는 마음의 종소리로 큰 울림을 주는 것 같았다.

'종소리 한 번에 온 산이 울리고 ~<중략>~ 범종 소리 그치니 저녁 산이 춥네'

<선암사의 저녁 종소리>라는 시의 일부에서 충분히 종소리의 아름다움을 유추해 볼 수 있다. 너무도 산사의 모습이 간결한 명주사는 옛 산사가 품은 때 묻지 않은 지고한 자태에 범종각이 한 요사채의 품위처럼 큰 존재감을 들어내 주고 있었다. 마치 옛 노스님이 염화시중 미소로 반겨 맞아 줄 듯한 착각에 한참 침묵으로 묵상의 늪에 들어 보았다. 시대의 변화에 따라 요즘의 어성전은 예전의 어성전이 아니다. 첩첩 산골 오지로 회자되던 이곳이 지구의 온난화와 도시의 환경오염으로 지친 사람들이 천혜의 살아있는 청정구역을 희구하다 보니 수많은 사람들이 소문으로 찾아 든다. 손가락 하나 움직이면 전국 산천이 다 손안에 드는 세상이고 보면 숨어있을 수가 없을 터이다.

인간의 발길이 잦아들면 자연은 병들기 마련이다. 특히 이곳은 명품 계곡물이라 여름철 피서객들의 소용돌이에 몸살을 한 바탕씩 앓기도 한다. 주민들이나 방문객들이나 환경 질서를 철저히 지켜 대자연의 보고를 훼손하지 않고 아끼며 힐링할 수 있는 행동하는 양심이기를 간절히 바람해 본다.

해운대 세레나데 *Serenade*

내겐 행복하게도 이십여 년간을 각자의 개성과 취향은 다르나 뜻을 공유하고 마음을 공유하며 튀지 않고 서로를 배려하고 보듬으며 긴 세월 인연을 맺어온 네 명의 문학인들이 있다. 글을 쓰고 노래도 하며 지적 감각을 공유하고 공감해서 늘 만나면 즐겁고 행복하고 이젠 형제자매 같은 사이가 되었다. 모두 다 중등 교육계에 몸담았다가 정년 퇴임해 요즘 여성들의 선망의 대상인 고액 연금 수령자들이기도 하다. 문학기행과 승용차로의 여행은 많았지만 대중교통을 이용한 여행은 처음인 듯하다. 오래전에 날짜를 정했는데 달력을 보니 바로 여행 시기가 신앙 최대의 행사인 부활절과 맞물려 있었다. 연기하자니 호텔 숙박과 우리 개개인들의 일정도 다 고려해서 정해진 날짜이고 보면 도리가 없어 마음은 천근으로 내려앉았다. 고민 끝에 신부님께 털어놓았더니 '그곳에서 성삼일을 거행하면 되니 걱정말고 다녀 와!' 하신다. 마치 묶였던 족쇄가 풀린 듯 심란했던 가슴이 활짝 열렸다.

마침 박 샘이 부산에 역시 교장 퇴임한 아주 살가운 동생이 살고 있고 또 유 샘의 사촌 동생은 부산 기장에 살고 있는지라 폐 끼칠 각오로 가보고 싶은 곳의 계획안을 짜고 이박 삼일 여정으로 떠났다. 부산은 아주 먼 옛날 부곡 온천이 성시를 이루고 영도다리가 신기할 때 가

보았기에 이번 여정이 사뭇 설레기도 했다. 나이가 들었어도 여행의 설 레임은 늙지 않는다. 이른 아침 춘천 터미널에 모인 네 여인들의 얼굴 은 환하다. 제법 먼 지역이라 승객들을 모아야 하기에 홍천. 횡성 터미 널을 경유하여 최북단, 아직은 회색빛의 춘천에서 최남단으로 달리는 부산행 버스는 남쪽 푸르고 꽃피는 세상을 펼쳐주고 있었다. 가슴이 활짝 열렸다. 금강 휴게소에서 잠시 정차해 아침용으로 준비한 기정 떡을 펼쳐 놓았다. 정담을 나누며 달려오니 다섯 시간 넘는 주행시간에 지루함을 느끼지 못한 채 오후 한 시 반에 부산 터미널에 도착, 대합실 식당에서 점심 식사를 마친 후 이번 여행에 운전 케어를 맡은 박 샘의 아우뻘이자 동료인 S 교장이 마중 나왔다. 반갑게 조우 한 후 터미널 에서 가까운 범어사부터 찾았다.

　범어사는 금정산 동쪽 기슭에 자리한 사찰로 정문에 들어서면 돌기 둥 네개가 받치고 있는 독특한 구조의 조개 문을 들어서는데 우리나 라에서는 보기 드문 형태의 문이라고 한다. 경내 전경은 대웅전을 중심 으로 지장전, 관음정, 약사정, 팔상전과 나한전이 배치되어 있고 자연 이 어우러진 조화를 이루는 숲길 산책은 명품 명소였다. 너무나도 고 요한 산사는 이제 며칠 후면 부처님 오신 날이라 산사 마당마다 길가 마다 불자들의 축원 등으로 하늘을 완전히 가렸다. 산사가 거의 명당 에 터를 잡기는 하지만 범어사의 주변 산세는 가히 명당 중의 명당이 었다. 서 있는 나무들은 연륜을 금방 추측할 수 없도록 우람했고, 바 위와 계곡과 고목 뿌리들이 한 데 어울린 산자락은 신선이 내려와 앉 았을 듯싶다. 불자인 유 샘은 마침 불교의 최대축제인 시즌에 맞게 방 문해 남다른 감회와 고요 속에서 특은을 맞이하는 듯 합장한 두 손이

성스러웠다. 고목 나무들과 뿌리와 바위들이 뒤엉킨 계곡에서 누가 먼저랄 것 없이 노래가 흘러 퍼졌다. "갈대밭이 보이는 언덕 통나무집 창가에 ~" 일주문에서 인증사진을 찍고 광안리 해변으로 향해 달리는데 한 시간 넘게 소요되었다. 운전대를 잡은 S 교장의 짙은 부산 사투리가 차 안을 훈훈하게 했다. 분위기 넘치는 광안리 바닷가 횟집에서 푸짐한 횟상을 받고 창밖을 내다보니 광안리 대교의 오색 불빛이 하나, 둘 휘황하게 열리기 시작했다. 부산은 제 이의 수도 광역시로 해운대에서 광안리까지 이어지는 도심 속 휴양도시답게 크고 아름답게 잘 정돈되어 있었다. 차 한 잔씩 나눈 후 광안리 해변 해피워크를 걷는데 대교와 해변과 백사장을 배경으로 불빛과 꽃밭과 산책로를 설치하였는데 파도 소리와 산들바람과 산책하는 사람들과 라이브 콘서트를 열고 한데 어울리는 어울림 한마당은 이곳 부산만이 연출해 내는 독특한 밤을 선사했다. 오늘의 여정을 마치고 S 교장 집으로 향하는 길이다. 우리를 위해 여러 시간들을 준비했을 수고로움이 뿜어내는 크고 정갈한 아파트에는 바깥주인도 외부로 보내고 우리를 기다렸다. 나는 해봐서 안다. 내 집에 손님을 맞이하기 위해서는 심적 외적 에너지가 많이 필요하다는 것을 -.

이브자리까지 새로 마련해서 손님을 맞아주는 그 정성에 무한한 감사를 드리다 보니 거실 한켠에 십자고상이 걸려 있었다.

본명을 물었더니 바로 노래하는 성녀, 세실리아였다. 얼마나 반갑던지~.

알고 보니 이 댁은 늘 오가는 이들의 쉴 자리를 제공해 주는 편이었다. 짐 정리하고 씻고 파티가 벌어졌다. 도착하기 전에 택배로 공수된 강원도의 토산품 떡들과 과일과 와인으로 축배를 들며 해운대의 세레나데는 깊어갔다. 이 댁 친정어머니께서 신심이 아주 깊으셨다면서 살아생전에 성경 필사한 노트를 보여주는데 글씨를 어찌나 정교하게 썼는지 신자인 나로 하여금 부끄러움과 놀라움을 자아내게 하였다. 멋진 어머님을 두셨던 따님이 마냥 부러웠고 대대로 유산으로 내리 보존할 만한 가치 있는 보물이 아닐까 싶다.

다음 날 아침은 간단하게 들고 태종대로 떠났다. 날씨는 흐렸지만 비는 오지 않았다. 토요일이라 관광객들이 제법 붐빈다. 태종대유원지는 해송을 비롯한 일백 이십여 종의 수목이 울창하게 우거져 있고 해안에 깎아 세운 듯한 절벽과 기암괴석 아래 탁 트인 대한해협을 한눈에 볼 수 있는 명소이다. '다누비' 라는 순환 열차를 타고 태종대 전망대까지 올라간다. 흐린 날씨 때문에 전망대 아래 펼쳐지는 바다 풍경을 전연 볼 수 없을 정도로 안개가 장막을 쳤다. 겨우 창문 한켠을 통해 한쪽 구석으로 바위벽을 치는 파도의 흰 거품을 포착할 수 있을 뿐이었다. 우리는 차 한 잔씩 마시고 내려갈 다누비 열차를 기다리기 위해 십분 거리에 있는 정거장으로 산책 겸 걸어 내려갔다. 바로 정거장 계단 아래에 등대가 설치되어 있는데 데크 계단을 통해 바다로 내려가 태종대 전망대에서 보이지 않았던 맑은 바다와 조우할 수 있었다. 하차 후 점심시간을 잊고 해운대 영화의 거리로 향했다. 오늘 S 교장은 세 시에 개인 일정이 있어 그 시간까지 우리를 케어하고 해운대 호텔까지 달려가 숙박 제공하고 떠났다. 바로 오늘 금요일 세시, 그 시간은 예수님께서 십자가에 못 박혀 속죄양으로 숨을 거두신 그 성 시간이다. 다음부터는 유 샘 동생이 네 시에 케어 해 점심 식사는 이곳 특유의 메뉴인 미역국 갈비탕을 대접받았다. 충전 후 꽃피는 동백섬으로 출발, 온통 동백꽃이 섬을 가득 채웠다. 동백섬은 해운대구 우동에 있는 해운대 십 이경의 하나이고 해운대 해수욕장 서쪽 끝 백사장에 연결된 육계도이다. 섬 여행은 여백을 맞으러 간다고 했던가. 남해의 화사한 봄 풍경은 회색으로 잠자던 세포를 일깨워 줬다. 해변 산등성이로 아스라이 줄지어 섰는 시가지 풍경도 이국적이고 바다와 연계 해설치된 산책로들은 마치 이국에 온 듯한 착각이 들면서 해운대 찬가가 절로 나왔다. 동백 숲 사이로 들고양이들이 낙원처럼 여행객들의 먹이로 살이 올라 풍요를 노래했다. 여행을 갈무리하는 저녁 시간, 우리는 해운대 백사장을 끼고 마냥 걸어 호텔 바로 옆 종합시장까지 도착했다. 그 입구에 원조 찹쌀 씨앗 호떡집이 자리했는데 줄을 서서 차례를 기다리고 있었다. 유명한 집인 듯싶어 송 샘과 박 샘이 인내심을 발휘하며 기다려 시식해 보니 역시 소문 날만 한 맛이었다. 먹거리 가게들은 줄을 섰는데 사방을 둘러봐도 저녁 메뉴가 마땅찮아 서성이던 중 시장 입구에 전라도 한식당이 눈에 띄어 들어섰다. 추어탕과 갈치구이로 메뉴를 정했는데 추어탕도 그렇고 갈치구이는 작은 토막 두 개를 구워놓고 거액을 받았다. 우리 숙소 라마다 호텔 있는 곳은 해운대 호텔들이 다 모여 있는 곳이었다. 22층 객실은 안온하고 쾌적했다. 해운대의 마지막 밤을 그냥 보낼 수는 없어 더베이 101 마천루야경을 보러 나왔다. 커피숍엔 유명한 빵이 있는데 일찌감치 매진되어 맛도 못 보고 커피만 주문하고 어둠이 깔린 야외석에 나와 앉아보니 바다와 바다 사이에 낀 고층 아파트에서 비치는 불빛과 해수욕장에서 찬란하게 비치는 불빛이 어우러진 마천루는 환상의 클라이막스를 연출하는데 스치는 바람 속에 커피 향이 온 백사장을 휘감아 돌았다. 낭만의 밤 풍경, 해운대의 세레나데는 두고두고 잊지 못할 추억으로 기억될 것 같았다. 호텔이 지근에 있어 도보도 충분했지만 오늘 원체 많이 걸어 택시를 타려고 부처님 맞을 준비로 불 초롱도 함께 어우러져 환한 비키니 길을 지나 대로에 나서서 기다리니 다소 외진 길이라 소식 깜깜이다. 지역 콜택시 번호를 갑자기 찾지 못해 한참 헤매며 기다리던 중 눈먼 택시 한 대가 정차했다. 얼마나 구세주 같던지~.

마지막 일정의 아침 식사는 대충하고 기장군에 있는 용궁사로 출발했다. 유 샘 동생이 모처럼 휴일인데도 누님의 친구들을 대접하기 위해 하루를 또 할애했다. 기장군은 태어나서 처음 밟아보는 곳이다. 해동용궁사는 대한불교 조계종 제19교구 본사 화엄사의 말 사이며 한국 삼대 관음성지의 한곳으로 바다와 용과 관음 대불이 조화를 이루어 신앙의 깊은 뜻을 담고 있으며 진심으로 기도하면 한가지 소원을 꼭 이루어 주는 영험한 사찰이라고 한다. 마침 초파일도 목전에 다다른지라 불자들의 탐방이 길을 꽉 메웠다. 용궁사 가는 길은 온통 길과 석조 조형물과 담장이 전부 돌로 되어 있었다. 비용이 어마어마했겠다는 생각이 들고 용궁사라는 사찰이 이름답게 바닷가에 자리하고 있었다. 자연석과 사찰 곳곳의 인공 돌들이 온통 석조전을 연상케 했다. 불자들이 가족들의 무병장수와 부귀영화를 바라는 소망의 꿈들이 주머니로부터 모여 거대한 궁전을 이루어 낸 모습에 그저 숙연해질 따름이었다. 바닷물이 손에 잡힐 듯한 사찰 찻집에서 창밖의 바다를 바라보며 우리는 망중한을 즐기고 걸어서 산책로와 바위 위에 앉아 용궁사를 바라보니 마치 한 폭의 거대한 그림 같았다. 발 디딜 틈 없는 인간 숲을 헤치고 빠져나와 유 샘 동생이 안내하는 기장 바닷가 횟집에서 이곳 별미인 멸치찌개와 생선회로 늦은 점심을 하고 건어물 가게에 들렀는데 이틀 동안 우리를 케어 한 수고가 얼마인데 멸치 선물까지 하나씩 들려주는 안배라니-. 서로의 정을 나누며 정확하게 세시에 춘천행 버스에 올라 바로 잠 속에 빠졌다. 인생은 누구를 만나느냐에 따라 삶의 색깔이 달라지고 누구와의 여행이냐에 따라 즐김이 달라진다. 커피를 잘 타면 향기가 나듯이 친구를 잘 만나면 힘이 난다. 이 아름답고 진실한 인연들과 만나 함께 여행하며 즐길 수 있음은 큰 축복이 아니겠는가. 여행은 내가 살아있고 성장하는 것을 증명하는 인생이력서다.

양양 장날

매월 사 일과 구일은 양양 장날이다. 양양 재래시장은 옛날부터 유명한 전통시장으로 역사가 깊고 그에 걸맞게 아주 다양하고 품이 크다. 남대천 다리 건너부터 시내를 바라보노라면 천변에 하얀 천막들이 솟아올라 있고 제방 둑길은 각종행상들이 펼쳐놓은 물건들로 즐비하고 차량 통행은 제한된다. 시장 안에 들어서면 외지에서도 원정 온 장꾼들에게 부딪치며 발걸음이 느려진다.

산더미처럼 쌓인 과일들, 이 지방 유명세를 딴 송천 떡도 한자리 깔고 앉았다. 봄이면 산과 들에서 자란 온갖 나물들, 특히 개두릅(엄나무 순)은 양양 깊은 산 속에서 나고 자란 명물로 이곳 양양이 품질이 우수하다 하여 일 년 먹을량을 데쳐서 냉동실에 차곡차곡 저장하고 철이 지났을 때 한 다발씩 꺼내 먹으면 일품이고 보약이다. 또한 이름 모를 나물들이 장판 아낙네들의 손길 위에 지천이고 산란을 끝낸 토종 청란이 관심을 끌기도 한다. 여름에는 도화마을에서 봄꽃으로 축제를 지낼 정도의 복숭아나무 과수원들이 많아 색깔도 좋고 맛도 좋고 싱싱한 복숭아들이 장터를 정복한다. 그러나 뭐니 뭐니해도 이곳 장터는 역시 가을이 진수다. 날씨부터가 발길을 장터로 끌게 하고 이곳 특산물 중에서도 명물인 각종 버섯들과 임금님 진상품이었던 낙산

배는 여타 명산지들의 추종을 불허한다. 품질도 좋지만 가격도 다른 지역에 비해 엄청나게 저렴하고 과수원에서 직행해 와서 인심 후한 주인을 만나면 몇 개 더 얹어주기도 하는 아직은 인정미 넘치게 하는 상혼으로 살아 있다. 이곳에서 생산되는 송이는 거의 개인 거래가 이뤄지지 않고 있는데 간혹 몇 송이씩 따온 주민들이 송이 수매장에 수납할량은 되지 않고 그렇다고 고액인 몸을 먹자니 아까워 장에 내다 놓는다. 시중에서나 농원 가게에서 파는 버섯들은 각처에서 수집되어 온 것들이라 진품인지 가 품인지 믿을 수 없고 가격 또한 높다. 송이버섯은 북한에서도 오고 또한 외지에서 온 것들이 많은데 자칫하면 속아 사기도 한다.

가을 장터는 북새통을 이룬다. 내가 즐겨 찾는 장터는 작년부터 가평에서 생산해 이곳 장터를 찾는 장뇌삼 장사와의 친견이다. 이끼에 차곡차곡 가지런히 심어놓고 저렴하게 팔아 도라지 더덕 대용품으로 쓴다 해도 에너지원이 된다.

머루 다래도 나 여기 있소! 하는 양양장터. 시장 안은 비나 눈이 와도 지장 없게 지붕을 덮어 안온하고 쾌적하기 이를 데 없다. 이 안엔 할머니가 직접 손으로 만든 쑥떡과 감자송편이 따끈따끈하고 바다에서 나는 해초들과 온갖 과일 열매들이 키재기를 하고 감자옹심이 상호를 내건 감자옹심이와 오징어순대가 주 메뉴인 식당에는 대기표를 받아 기다리기 일쑤이다. 그곳을 지나 조금 더 올라가면 이곳 부녀회에서 장날만 운영하는 부침 전이 있는데 수수점병과 메밀부침 메밀점병으로 시니어들이 손수 정선된 재료와 손맛으로 부친 전들이 아주 맛이 좋아 내겐 빠질 수 없는 장거리이기도 하다. 그 맛에 취해 있다 보면 이곳 양양 동철 감이 익어 온 장판은 붉은 감들로 겨울이 오는 길목을 알려준다. 그 한 녘엔 남대천에서 청정 물속에서 배를 뒤집던 은어가 주인을 기다리기도 한다. 무수한 가게들의 종류를 다 헤아릴 수도 없다. 재래시장을 보려면 필수요건이 현금을 준비해야 한다. 거의 거래가 상회보다는 난전이고 보면 우선 먼저 시장 안에 자리한 농협에서 현금을 준비해야 한다.

양양 장날은 내겐 또 한 가지 재미가 있다. 양양 성당에서 삼베 실로 짠 수세미를 사는 일이다. 친환경 운동 차원에서 성당 신자들이 손수 짜서 팔기 시작한 이 무공해 수세미를 사서 지인들에게 선물하는 재미가 여간 호응이 좋은게 아니다. 겨울 시장터는 곡식들이 주를 이룬 열매들이다. 가을에 추수해서 갈무리해 놓았던 곶감, 밤. 감. 대추들이다. 알이 꽉 찬 배추. 무. 갓. 대파며 겨울 김장 준비용 재료들로만 시장은 다소 썰렁한 기분이 든다. 그럴 땐 시장 안 칼국수 집이 성수를 이룬다. 쌀쌀한 날씨에 매콤한 장칼국수 한 그릇 먹고 나면 등이 훈훈해지고 겨울 장터는 허전하고 조용하기 이를 데 없고 그때는 기존해 있는 건물 상회들의 장터가 된다. 이곳 양양은 수려한 자연과 인공이 공존하며 옛날에는 수복지역이었으나 역사와 전통과 그리고 애국선열들이 많은 보훈의 도시이기도 하다. 전국이 가뭄으로 메말라 가도 이곳 양양은 깊은 골짜기 골골 마다 맑은 세찬 물줄기가 뻗어 남대천으로 흘러 바다로 흡수하는데 물이 다소 부족한 이웃 속초시가 양양을 흡수하려고 많이 욕심냈지만 모든 자원이 풍족한 이곳은 그럴 필요를 느낄 수 없었을 것이다. 아마도 냇물이 바다로 흡수되는 냇가 폭이 이곳 남대천처럼 넓고 넘치게 흘러내리는 곳은 없을 것이라 여겨진다. 산과

바다와 들과 계곡 들판이 버릴 것이 없는 보고이고 보면 양양찬가가
저절로 흘러나오지 않을 수 없다.

천년고찰 낙산사 범종 소리 울려오면
의상대 누각 흰 파도 위 장엄한 해오름으로
아침을 연다.
어성전 계곡 명경지수와
미천골 불바라기 약수, 천둥으로 달려오고
오색 주전골 비단 약수 합수하여
남대천으로 흘러 흘러들면
알 품은 은어 배 뒤집고
알 품은 연어 하늘로 귀천하는 곳
어화둥둥 남대천 갈대숲 너머에
황포돛대 띄웠구나. 물결 따라 제방 둑
벚꽃 터널에 분홍빛 웃음 번진다.

인구라 죽도 섬에 젊은이들 잔치 벌였구나
잔잔한 바다 위로 꽃잎 펼친 서핑 요정들
아스라한 언덕 위에 손톱만 한 성당 손풍금 소리
밀려드는 성심의 침묵 속에 한낮이 겹다

마을마다 주렁주렁 홍시 감 익어 나면
깊은 산 속 황금 송이버섯 궁둥이 들썩인다.
축제로다! 축제로다! 장터엔 오곡백과 버섯들의 행진
가로수엔 배롱나무 붉은 가슴 토해내는 곳

아아! 이름하여 산 좋고 물 좋은 양양이라네.

수산항에 돛은 세우고 정박한 요트들
물회 한 상 물리고 나면 예가 나폴리지
오산리 선사유적 지붕 위로 짙게 드리운 저 노을빛
선조들의 찬연한 역사 진홍빛으로 농익어 간다.
물치 해변 몽돌 자갈밭은 뜬금 모를 선물이다.

하륜과 조준의 역사 담은 하조대 누각
천하 명승 저 바위 끝에 솟은 명품 소나무 한 그루
철썩이는 흰 파도에 속으로 영글어진
이 민족 선열의 기상이라 했던가
오늘도 말없이 불 밝히는 하조대 등대

손양면 하이얀 벌판에 우뚝 선 국제공항
학이 비행하듯 내렸다는 전설의 학포리에
오대양 육대주 삼천리 방방곡곡
융단 하늘길 푸르게 열었구나
사람아! 사람아! 여기 와 손잡고 축배를 들자

전란의 38선 분단을 넘어
한반도 중심 허리 날개 미래의 땅 약속의 땅
산. 바다. 계곡. 석호를 품고
숨이 숨 쉴 수 있는 해뜸이 고장 양양
시대가 만들어 낸 가장 살고 싶은 곳
신이 내린 천혜의 축복의 땅. 양양이라네

축제도 많고 전설도 많은 양양이 품어 안은 보물과 대자연과 역사 속에서 양양 전통 오일 장터는 영원히 지속 가능한 전설이 되고 전통이 되어야 한다. 이러한 환경과 아름다운 전통은 선조들로부터 물려받았기에 이곳 세대가 누린 만큼 미래세대에 물려 줘야 할 것이다.

삶은 차창 밖으로 스치는
풍경 같은 것

경기도 마석에는 유명한 신경외과 전문의 병원이 하나 있다.

전국 방방곡곡 명의를 다 찾아다녀도 낫지 않던 척추병을 이곳에서 고쳐 활동에 불편함이 없이 생활하게 되었다는 후배들의 뒷담화에 시름시름 불편하던 목과 어깨 결림을 한번 맡겨 볼 참으로 경춘선 전철에 몸을 실었다.

전철 출발 시간은 자주자주 있지만 느긋할 수가 없었다.

그 병원의 유명세가 전국구라서 제시간에 도착하지 않으면 선착 순서에 밀려 진료를 못 받는다. 아예 예약제가 없다. 8월 초순의 하늘은 땀이 날 수 없도록 푸른데 더위를 피하는 피서는 전철 안보다 더 시원한 곳 찾기 힘들다.

출입문이 닫히는 순간 오아시스로 서너 명의 승객이 앉은 전철 안은 쾌적하기 이를 데 없어 목적지가 병원이라는 사실을 망각한 채 염천의 피서에 행복하고 있었다. 천천히 플랫 홈을 미끄러지며 빠져나와 가까이 있는 아파트 숲을 고즈넉하게 스믈스믈 스치며 정족리 천주교 묘지의 봉분이 봉긋봉긋 스쳐 간다.

자연스럽게 손이 주머니에 담긴 묵주를 끌어내어 묵상하며 가족과 이웃의 평안을 기도 속에 채우고 눈동자는 차창을 향해 질주한다.

이쪽 창인가 저쪽 창인가에 따라 풍경은 확연히 달라진다.

강과 산이 분리되어 전개되는 경춘가도와 북한강의 운치는 가히 그 명성대로 한여름의 전경은 극치와 생동감으로 세포를 흔들었다. 입으로는 기도문을 염하며 눈과 머리는 분리되어 내가 두 조각이 된 것이다. 가뭄이 들어 강촌의 물길은 풍족하지 못했지만 유유히 흘러 가평에 도착하자 측령산 계곡에서 흐르는 물줄기와 합수되니 바다처럼 넘실대며 하늘빛과 합창을 한다.

한 여름날 펼쳐진 강물엔 유람선과 윈드서핑과 나룻배들이 애드벌룬을 띄우고 하이얀 물거품을 뿜어내며 풍요를 만끽하고 있었다. 원체 강 벌이 넓은지라 달리는 차창에서도 한참을 싱그러웠다. 스치는 마을은 한창 염천에 숙성이 이뤄지는 푸른 논의 벼들이 이삭 틔우는 소리를 옹알이하는 듯 일렁인다.

마을 동구 밭 길가엔 코스모스와 삽살개들의 분주함과 논물 보러 나온 아저씨의 등짝에 배인 그리운 땀 냄새가 정겹다.

논두렁 옆으로 흐르는 실개천엔 양쪽 둑 밑으로 초피 풀이 숲을 이루어 그물 반두를 대면 고기가 가득 잡힐 것 같았다. 너무도 목가적 전경 속에 실개천 위로 회색 시멘트 다리가 한 점 흠으로 남는다. 모처럼 유년의 추억을 불러내 준 그림 같은 풍경에 취해 입가에 핀 미소를 걷어 들이지도 못한 찰라 휙! 하고 어둠의 터널로 소리소리 지르며 빠져든다. 악몽이다. 눈을 감았다. 한결 더 흔들리며 소음이 가득하다. 손 안에 묵주는 그대로 담겨 있었다.

"그래! 바로 이런 현실이 삶이지~."

무수한 시간과 공간에 억매여 허덕이다 안전한 곳에서 내 자리를 찾앉는가 싶어 방심하다 보면 뺏기고 이어서 막힌 산과 물을 건너면 광활한 천지가 숨통을 트여주고 아름다운 세상이 안주 시키다가 어느 순간 갑자기 휙! 암흑의 터널로 몰아넣어 자성하게 하고 그 통로를 통해 성숙시키는 과정의 반복과 순환이 삶의 여정이 아닐까 싶다. 바로 저 차창에 스치는 풍경들처럼~.

오늘 내가 무엇 하러 이 전철을 타고 어디로 가고 있는지를 잊고 전개되는 전경에만 취해 목적지가 병원이라는 사실을 잊은 채 도착하는 순간 내 병적 증상은 힐링으로 아주 가벼웠고 무료함과 스트레스에 의한 진통이 원인이 아니었을까 생각된다.

전철에서 내려 발을 내딛는 순간 찜통 같은 열대야 바람이 옷소매를 파고든다. 과연 내 삶의 종착지는 얼마만큼의 세월, 시간과 공간이 어떤 과정과 모습으로 전개되어 질까? 순간적으로 닥치는 터널 속에서도 견디어 낼 수 있고 헤쳐낼 수 있을 만큼의 어둠이기를 간구하며 바로 조금 전의 가평에서 너무도 아름다운 대자연과 서정에 취해 있던 평화와 치유의 여정이었으면 참 좋겠다.

제 **4** 부
그 소리 들리네

모세의 지팡이

바위에 물이 솟고
홍해를 가르고
뱀도 되었지.

이스라엘 백성
해방시키고
오늘은 톱카프 궁전에서
삶의 길 인도하네.

TV 미사

　한 번도 경험해 보지 못한 세상이 도래하여 코로나라는 전염병으로 인해 성당 문은 닫혀 성당의 생명인 미사를 제대로 드리지 못하고 TV를 통해 미사를 올리게 되었습니다. 내가 거처하는 시골집은 특수한 환경인데 문을 열어 놓고 미사가 시작되자 대숲에서 짹짹대는 참새들이 입당 송을 불렀고 개울 건넛집 낮닭이 목줄을 세워가며 독서를 했습니다.

　성당 미사 때 미처 보지 못했던 신부님의 몸짓 손짓 얼굴 표정까지 화면에 적나라하게 클로즈업되어 성체 부서진 조각까지 볼 수 있었습니다. 그러다 보니 처음에는 새로운 관심으로 훨씬 더 깊이 있게 임하는 듯했고 삼 사절까지 불렀던 성가도 일체 없어 지루함과 마치 허례허식을 빼버린 것 같은 간편함도 경험해 보았습니다. 어떻게 받아들이고 해석하느냐에 따라 이해와 행동의 척도가 달라짐을 생생히 보여주는 순간이었으며 무엇보다도 TV 미사는 길을 차리고 떠나지 않아도 되고 밥하다 달려와도 되고 여간 편한 게 아니었습니다. 그런데 몇 번을 반복하다 보니 허상에 뜬 듯 무미건조해서 마스크를 쓰고 조용한 공소에서 봉헌하기도 했고 성당에서도 성가 없는 미사는 뭔가가 채워지지 않은 빈 그릇 같았습니다.

미사란 무엇인가. 우리의 구원을 위한 희생 제사이고 또 구원을 기뻐하고 감사하며 찬미드리는 축제입니다. 미사를 통해 죄인인 우리가 죄를 용서받고 하느님과 화해를 이루고 다시 하느님의 자녀가 되고 그분은 우리의 하느님이 되어 주십니다. 그런데 감동으로 와 닿지 않고 지루하게 느껴지면 집중하기가 힘들어집니다. 미사가 단지 하나의 몸짓이 아니라 나에게 가장 아름다운 하느님의 사랑 나눔이 될 수 있어야 합니다.

우리 구원의 여정이 담긴 곳이 바로 미사곡 중에 자비 송, 대영광송, 알렐루야, 거룩하시다, 신앙의 신비여, 주님의 기도, 하느님의 어린양입니다.

이 감동적이고 드라마틱한 미사곡들로 미사의 흐름과 내용을 알면 미사가 완전 달리 보일 것입니다. 믿음이 부족하여 죄를 짓고 상처 입고 삶의 무게에 힘겨워지는 우리들은 하느님의 은총과 도움이 필요합니다.

자비 송은 이런 우리에게 자비를 베풀어 달라고 간절히 주님을 부르는 노래입니다. 우리가 미사에 임할 때 앉았다 일어났다 장궤하는 행위들이 복음을 통해 현존하고 말씀하시는 그리스도께 대한 준비. 환영. 존경. 경청. 감사. 결심. 간청의 표시이며 말씀으로 오시는 그분께 대한 찬양의 목소리를 내도록 부추기는 행위인데 우리는 깨닫지 못하고 그저 관습으로 움직이기만 하는 미사를 행하지 않았나 싶습니다. 성찬례 중에 예수님 죽음을 상징하는 예절에서 성체를 쪼개어 생명을 나누어 주시는 행위의 의미를 모르는 신자들이 아주 많습니다. 또 부활을 상징하는 행위로 쪼개진 성체를 성혈과 합하여 몸과 피가 하나

되어 살아 계심을 상징하는 행위 역시 그렇습니다.

　이번 TV 미사를 통해 너무도 의미 깊고 경건한 그 행위를 세세히 살필 수 있었으나 영성체를 할 수 없는 공허가 허기로 다가와 우리는 영성체를 통하여 예수님의 사랑과 생명과 일치를 이룬다는 확신을 갖게 되었습니다. 내가 소속된 본당 신부님은 신학 공부를 많이 하신 이론가로 강론은 외부 특강 강사로도 초대받는 분이십니다. 그래서인지 화려하게 울리는 성가대 찬양도 지양하고 수도원 같은 분위기를 조성하시는 감을 느끼게 하셨는데 누구나 다 거룩함에 대한 갈망은 있습니다. 미사의 본질을 훼손하지 않는 한도 내에서 실력을 갖춘 멋진 지휘자의 지도하에 아름답고 감미로운 찬양으로 전례와 조화를 이룬다면 묵상과 영성을 더욱 살찌우게 하는 촉매제 역할을 하고 노래로 바치는 기도가 그 어느 기도 보다도 울림을 주고 기뻐하는 기도로서 축제의 온도가 배가되지 않을까 싶습니다. 미사는 감사하고 찬미드리는 축제이기 때문입니다. 살아가면서 마음을 다듬고 다스리며 알 수 없는 시간을 걸어가고 있는 우리들에게 그분은 기도를 선물로 주셨습니다. 저의 기도는 하느님을 향해 쓰는 일기입니다.

　어서 빨리 이 전염병의 환란이 끝나고 힘차게 본연의 일상으로 돌아가 혼란스러움에 외롭게 애태우며 성전에서 기다리시는 예수님 집에 더욱 숙성된 믿음과 사랑을 담아 크게 입을 열고 환한 웃음과 찬양으로 만나고 싶습니다. 일상이 그냥 주어진 것으로 감사를 모르고 살다가 잃어본 자들의 절규를 눈여겨보시는 주님! 용서하소서! 간절한 기도에는 꼭 응답을 주시는 주님! 저희의 기도를 들어 허락하소서! 길이 찬미와 영광 받으소서! 아~멘!

주보예찬

늘 버릇처럼 주일미사 바로 전, 막간을 이용하여 주보를 펼친다.

그날도 성가대에 앉아 신부님들의 게재 글인 "말씀의 향기"를 펼쳤다. 미사 중에 울리는 휴대전화 소리에 대한 B 신부님의 글이었다. 쿨하신 신부님은 당신은 절대로 그런 실수를 범하는 신자들을 질책하거나 주의를 주지 않는다고 하셨다. 왜냐? 그분들은 이미 주위 사람들의 날카로운 시선과 얼굴빛으로 받을 벌을 다 받았기 때문이란다. 입가에 미소가 떠올랐고 정말 말 한마디 없어도 될 고차원적 훈수에 박수를 치면서 시선이 성전 제대로 향했다. 신부님의 강론이 시작되었다. 바로 내 뒷자리에서 아주 경쾌한 음악 소리가 귀를 의심시켰다. 주위 눈길들이 집중되었고 경직된 얼굴들이 번갈아 가는데 소리는 제어가 되지 않았다. 부부가 함께 성가 단원인 짝꿍 자매님은 아예 머리가 장궤의 밑으로 들어갔다. 아침 기상 음악을 입력시켜 놓았고 매일 미사의 복음 말씀과 합쳐져서 제어가 빨리 되지 않았단다. 근래에 없던 상황이었다. 이어 모든 신자들의 시선은 조심스럽게 강론하고 계신 신부님으로 향했다. 새로 부임해 오신 지 얼마 되지 않은 젊은 신부님은 다행스럽게도 미동도 없이 강론은 계속되었다. 혹시 미사 전에 신부님도 이 글을 보시고 참으셨을까? 이렇게도 오늘 "말씀의 향기" 신부님의 말씀 따라 무대연출 연기가 적중할 수가 있을까. 시나리오 각본 그대로가 명중한 순간이었다. 요런 선견지명의 묘미까지 가미해 주며 천주교 춘천 교구설정 팔십 주년에 사랑과 섬김을 가르치며 이천 호까지 이어져 온 춘천주보!

매주 받아보는 그 주보 안에는 사목 교서와 특집이 있고 신부님들의 말씀의 향기와 각종 사목 단상과 신자들이 나누는 열린 마당이 있다. 교구가 어떻게 돌아가는지를 한눈에 볼 수 있는 교구 소식과 알림장이 있어 언제 어디서 모임, 미사, 피정 교육이 있는지를 찾아 영성을 살찌우는 기회를 만들 수도 있다. 어찌 그뿐인가. 내가 속한 본당 살림 살이까지 볼 수 있다. 주일마다 봉헌되는 헌금 액수는 온 세상이 불경기라고 아우성이지만 사시절이 철밥통이다.

과부의 동전 한 닢부터 부자의 기부금까지 조목조목 풍성이다.

잠시 생각해 본다. 봉헌만 했지 구체적으로 어떻게 쓰이는지를 묻지도 따지지도 않는 이 순한 양들의 봉헌이 행여라도 요즘 소위 교회와 무관한 운동권 신부들이나 헛된 이들의 밥상에 한 톨의 밥알이라도 되어지는 일이 없을까? 하는-. 지금 나랏일이 아주 복잡하고 다급한 내.외 정세에 백성들은 걱정과 불안으로 편치 않은데 나랏님은 휴가를 반납한다더니 미리 가족들을 대동하고 휴가처인 제주도에서 휴가를 즐기고 그것도 특별히 멘토라는 성당 신부를 찾는 일이 목적이었다니-. 어찌 된 니랏님이며 어찌 된 사제인가? 제발 가짜뉴스였으면 좋겠다. 현대사회는 미디어를 통해 정보가 전해지는 사회이다. 가짜뉴스라는 말은 전통적인 매체 또는 온라인을 통한 허위 정보, 존재하지 않거나 왜곡된 자료에 근거하는 허황된 정보를 말한다.

우리 춘천교구의 홍보 매체인 주보는 가짜뉴스가 아니라 세상에 참된 진리로 오신 분이 선포하신 복음의 참된 소식을 전하는 사명을 담았기에 더욱 귀하고 관심을 끄는 매체이다. 또한 담긴 내용들은 하나같이 전 교우들과 밀접한 상관관계가 연결되어 있다는 사실이다. 그래서 더욱 애착이 가고 귀중하게 여겨진다. 삶 속에서 믿음이 시험을 받아 인내가 필요할 때 주보에 게재된 늘 새롭고 참신한 사목 교서들을 보고 떠올리면서 주님의 빛 속을 걸어갈 때 더욱 우리의 모습을 새롭게 할 것이다. 귀한 매체 안에 한 점 버려야 할 소식과 내용 없는, 흐트러짐 없는 주보로 거듭거듭 진화되어 그 안에서 믿음과 신뢰와 영성이 무럭무럭 자라나고 살찌울 수 있기를 간절히 바라고 기도한다.

한국 천주교 춘천교구 이천 호를 맞이한 주보 만세!

로사리오 *Rosario*

"은총이 가득하신 마리아님 기뻐하소서!
주님께서 함께 계시니 여인 중에 복되시며
태중의 아들 예수님 또한 복되시도다
천주의 성모 마리아님 이제와 저희 죽을 때에
저희 죄인을 위하여 빌어 주소서!"

성모님께 드리는 노래이다. 성모송은 영적 무기이며 기도문 자체가 아니라 성모님께서 하느님과 교류하는 가교역할을 하신다.

묵주를 굴리는 손가락은 그냥 굴리는 것에 그치지 않고 사탄을 속박하는 사슬이라고 한다. 마음을 온전히 집중하지 않고 분심 중에 드리는 기도는 마치 시든 장미꽃을 드리는 일과 같다. 집중해서 드릴 때 놀라운 일이 일어 난다

천주교인들은 묵주기도를 수없이 바치지만, 그 방법에 있어 잘 모르고 기계처럼 노래처럼 그저 수없이 바치며 때로는 이루어지지 않는 소망에 실망하고 좌절하며 한탄하기도 한다. 제일 중요한 자세는 정신 산만과 집중력이 해이된 채 기도하는 자세이다. 우리는 길을 걸을 때도, 일을 하면서도 그저 줄줄 외워내는 현상으로 기도할 때가 많다. 더 나아가 때로는 숙제처럼 급한 마음으로 빨리 서둘러 횟수를 채우기도 한다. 영혼 없는 실체처럼 신비에 대한 묵상을 깊이 함도 없이 그냥 줄

줄 외워대는 기도에 익숙해 있다. 심지어는 구체적인 의도와 소원도 없이 들러리처럼 해대는 사람도 있다. 사실 성모님을 향한 기도는 성모님의 생애를 깊이 파고들어 가다 보면 쉬 숨을 쉬며 바라볼 수 없을 것이다. 외아들 예수님의 골고타의 언덕을 눈앞에 그려보면 차마 말을 잊고 만다.

어찌 묵주의 기도, 로사리오를 분심 중에 마주할 수 있겠는가.

새로 탄생한 레오 14세 새 교황님께서는 이런 신자들을 꿰뚫어 보시고 성모님께 드리는 기도 방법을 전해주셨다. 입술로만 하지 말고 몸과 마음을 다해서 하고 온전히 집중해서 해야되며 조용한 시간을 택해 기도할 때 서두르고 다급하게 하지 말고 촛불 아래에서 성모님의 눈과 마주하고 경건하게 어머니께 그리움과 사랑으로 진솔하게 마음을 털어놓았을 때 어머니는 응답해 주신다고 했다. 진솔한 묵상을 청하셨다. 그리고는 막연한 소원이 아니라 구체적인 소원, 기도를 시작할 때 정확한 의도를 가지고 구체적인 소원 기도를 청하셨다.

나는 언제부터인가 침대 위 베개 밑에 묵주 하나를 넣어 두었다. 아주 얇고 부드러운 옥으로 만든 묵주이다. 핑계일 듯도 하지만 체력이 저하되는 세월이고 보니 하루일과를 마치고 잠자리에 들 시간에 기도하고 싶은 마음은 깊은데 몸이 가라앉을 때가 종종 있다. 언젠가 누군가에서 묵주기도는 독려하기 위한 배려에서겠지, 하다가 잠이 들어도 성모님께서 마저 해 주신다는 소리를 들은 적 있어 빌미 삼아 자신감까지 가지면서 편안하게 누워 베개 밑 묵주를 꺼내 가슴에 공손히 얹고 기도를 시작하곤 하는데 비록 눕기는 했지만 성모님을 향한 그 순간이 기이하게도 참 평화롭고 행복해지는 시간이기도 했다. 소등한 고요로운 밤. 한 단 한 단 올리는 기도가 그 어느 때보다도 분심이 안 들고 집중되기까지 했다. 금방 잠이 실리지도 않았다. 성모님 상의 모습을 어둠의 침실로 소환하며 속삭이듯 나누는 기도의 대화는 촉촉한 목소리처럼 하루를 마감하는 감사와 소망의 대면 같았다. 나의 잠자리 베개 밑 묵주의 기도는 거의 중간에 끊어짐 없는 완주하는 기도였다. 비록 눕기는 했지만 다만 누워 있었다는 그 자체만큼은 부합되지 않았지만 그 어느 때의 기도보다도 더 경건하고 고요롭고 분심 없고 서두름 없는 순간이었음을 고백한다. 때로는 잠자리의 뒤척임에 베개 밑 묵주가 자리를 떠나 깊숙한 요 밑으로 숨어들었을 때 마침 성모님께서 내 곁을 떠나버린 듯한 충격과 상심으로 숨은 묵주를 찾아 헤매다가 손안에 들어왔을 때의 그 희열과 충만감은 잠시동안의 상실감에서 안도의 강으로 헤어나게 해 주기도 했다. 살아오면서 어렵고 힘든 일이 잔잔하게 있을 때마다 성모님을 향해 온 맘을 다 해 간절하게 로사리오를 바쳤을 때 꼭 들어 주셨다. 때로는 더 큰 것을 주시기 위해 금방은 아니지만 깊은 통찰과 기다림의 미학 속에서 언젠가는 꼭 이루어 주셨다. 묵주기도는 성모님을 위한 웅장한 장미정원이다. 성모님과 대화할 때 진실한 묵상과 사랑하는 마음으로 직접 성모님을 대면한 것처럼 진솔하게 털어놓았을 때 어머니께서는 우리의 간절한 소망을 예수님께 전해주시고 조력해 주신다. 그 어느 누구에게도 털어놓지 못했던 무수한 고뇌와 필요한 일들을 무언의 성모님께 때로는 눈물로 하소연하고 전구를 간청할 수 있는 그 시간이 너무도 나를 행복하게 했고 더하여 신뢰와 감사로 지친 나를 일으켜 세워주셨다. 성모님과 신의 뜻을 깨달으려면 얼마간의 시간과 시련이 필요하다. 오늘도 나는 묵주의 십자가상에 '사랑으로 하나 되어' 라는 문구가 새겨진 묵주를 들고 성호를 거룩하고 정성스럽게 긋는다.

천주의 성모 마리아님!

이제 와 저희 죽을 때에 저희 죄를 위하여 빌어 주소서!~ 아~멘!~

청원문

공사다망하신 주교님! 저는 춘천교구에 속해있는 한 성당 교우입니다.

춘천교구의 지속 가능한 삶의 실천을 위해 환경 회복 기여의 일환으로 칠년 여정 실천 계획을 발표하신 기사를 지방지 지면을 통해 보았습니다. 다른 계획내용들은 수긍이 갔으나 본당에다 태양광 시설을 추진하시겠다는 계획에는 놀라움을 넘어 충격으로 아연실색하지 않을 수 없어 외람되게 펜을 들었으니 양해 청하옵니다. 그 사업을 지양해야 될 이유로는,

첫째, 태양광 시설은 성당 미관을 완전 해치고(지붕에나 땅에나) 더불어 신자들의 정서도 해치며,

둘째, 친환경도 아닐뿐더러 전력도 기대치만큼의 효과가 없고 탄소 중립에도 효과가 미치지 못하며 비효율적이어서 설치했던 것들도 도로 수거해 내는 작금으로 알고 있으며,

셋째, 정치적인 오해의 소지도 있습니다.

무차별적인 태양광 시설로 인해 환경 친화는커녕 온 나라 산하가 깎여지고 무너져서 피폐해 전문가나 국민들의 원성이 높은 대통령의 실패한 사업을 우리 춘천교구에서 그 사업에 동참하시겠다구요?

설치했던 일부 태양광이 무용지물로 폐기 수거에도 다른 폐기물과는 달라 오히려 공해 덩어리가 되어 골칫거리 문제라 들었습니다. 신자로서 너무 화가 나는 심정에서 "얼마나 할 일이 없으면 이런 무익하고 비호감적인 사업을 선도하려는 발상을 할까?"하는 생각마저 들게 했고 이 캠페인은 어떤 과정과 통로를 거쳐 추진하시려는지는 모르겠으나 우리 교회가 꼭 해야 하는 태양광 설치라면 적어도 교구 전 신자들의 공청회 정도도 없이 하시는 건 아니라고 봅니다. 세상이 모두 한다 해도 성당은 막아야 할 듯한 소재를 어떻게 일반 건물도 아닌 성당에다 그런 발상을 할까 하는 의구심마저 들었습니다. 언젠가 홍천성당에서 성당 안 돌계단을 제거하려 들 때 오히려 홍천군민들이 문화재로 인식하여 막아내던 생각이 퍼뜩 떠올랐습니다. 신자들은 영을 먹고 사는 사람들인데 정서적으로 그런 설치는 심성에 갭을 불러일으키지 않을 수 없습니다.

신성한 성전은 안과 겉이 다 성스러워야 되지 않겠습니까. 성전은 특별하고 고유한 영역이 되어야 하지 않을까요. 물론 종교도 세상과 소통하고 함께 해야 됨을 압니다. 그러나 이 사업은 세상과 함께 나누려는 교회의 영역이 아니라고 봅니다. 저도 누구 못지않은 환경론자입니다. 시골에서 쌀 한 톨 더 먹자고 화약총으로 새들을 잡고 쫓아내는 농민과 실랑이질도 하고 흙 마당에다 콘크리트 깔면 편하지만 편함보다는 쪼그리고 앉아 풀을 뽑고 사는 환경론자입니다.

저는 〈성당-태양광〉이라는 문자가 눈에 들어오는 순간 성당을 향하던 발자국이 얼어붙는 충격을 받았습니다. 성당 문을 들어서면 먼저 눈이 가는 성전 지붕부터 몸체를 향해 성호를 긋고 들어서는 그 지붕에 공공기관 건물도 아닌 하느님의 집 성전 지붕 꼭대기에 검게 씌워질 태양광을 목격해야 하는 심정을 이해해 보셨는지요? 고단한 영혼들이 하느님을 만나고 평화와 위로를 얻기 위해 찾아드는 신자들의 정서를 헤아리시고 성전에 그런 혐오물은 부디 계획에서 삭제하여 주시기를 간곡히 부탁드립니다.

어찌 저 하나의 마음이겠습니까. 그저 순종으로 사는 신자들이 다만 뜻을 밝힘과 안으로 품고 의사 표시를 못할 뿐이지요. 신부님들이 하는 일에 토를 달면 죄라고 생각하기도 하니까요. 만들어 내지 않고 손 안 대는 일이 더 환경에 일조하는 일이라는 말을 들어 보셨는지요. 이 글을 쓰면서 문득 생각나는 일이 있습니다. 인사이동으로 주임 신부님이 새로 오셨습니다. 그런데 어느 날, 이층성당 계단 옆에 자리했던 요셉 성상이 없어진 것입니다. 저와 모든 신자들은 마치 물고 있던 젖꼭지를 빼앗긴 듯했지요. 왜냐하면 나름대로 성인 성상과 마주칠 때마다 은밀하게 교감하며 영성을 쌓고 있었거든요. 하여 신부님께 전 신자들의 요청이 있었지만 받아들여지지 않아 상처를 많이 입었었고 그 후 다른 신부님이 오셔서 제자리를 찾아 신자들이 제 페이스를 찾던 기억이 납니다. 그 일을 보면서 한 본당 신부님의 독선이 내색 못하고 따르는 신자들에게 얼마나 상처를 주는 일인가를 절절히 목격했습니다. 신자들은 성전의 건물이나 성상이나 성물이나 나름대로 은밀한 교감을 나누며 또 그런 행위를 고유한 은총으로 여기며 때로는 식어가는 영성의 매무새를 고치고 위로받기도 하거든요. 요즘 우리 천주교가(일부 성직 수도자) 정치적으로 불미스런 이미지로 세간에 회자되는 모습들을 보면서 스스로를 위로하고 토닥이며 예수님과 제자들을 분리시켜

가며 다니는 양들이 많다는 사실을 아시는지요? 구체적으로 말씀드리지 않아도 어렴풋이 감지하고 계실 듯싶습니다. 이런 마음들도 교회의 상징이고 목자이신 분들을 편협적이 아닌, 중립과 공평의 화신으로 여기고 우리 양들만의 영역 안에서 소유하고 싶고 사랑하기 때문이 아닌가 싶습니다. 물론 평민들도 목자들도 모두 사고하고 판단하는 방식이 다 다름을 알고 있습니다. 그러나 세상 사람들과 다른 특수함을 부여받은 목자들은 시류에 어느 편에든 편승하지 말아야 한다는 생각이 한낱 저의 고정관념이고 욕심인지요. 왜냐하면 목자들의 말씀을 먹고 따르는 양들의 판단이 주관이 바로 선 일부보다는 그렇지 못한 다수는 흐려질 수 있기 때문입니다. 원하옵건대 이런 생각들이 한낱 기우이기를 간절히 바램해 봅니다. 성전을 지을 때 지붕 기왓장 하나에도 의미와 염원을 두었을 성전 꼭대기에 그런 혐오물을 설치해 놓으면 하느님께서 내려오시다가 성당에 못 들어오실 것 같은 어린애의 동화 같은 영성도 존중돼야 한다고 봅니다. 부디 시각적으로나 마음으로나 혐오감 없는 신성한 성당을 평화롭게 드나들 수 있도록 지켜주시기를 바랍니다. 태양광이 얼마나 기대와는 달리 오히려 환경을 피폐시킨 사례들이 적나라하게 드러나는 실패한 사업의 시점에 그리고 성당과는 상관도 연관도 없는 이런 비호감 사업의 발상이 이해하기가 참 어렵습니다. 그러잖아도 양들이 말없이 양 우리를 빠져나가고 있는 현실도 한번 짚어보시고 한낱 과민한 신자의 청이라고 치부하시어 가볍게만 보시지 말고 성전을 특별한 곳으로 여기고 사랑하기 때문임을 깊이 헤아리시어 계획을 거두어 주시기를 간곡히 간청드립니다. 격한 마음에서 정제되지 못한 표현이 있었다면 널리 이해와 양해를 구하며 하느님의 지혜와 축복이 늘 주교님과 함께하시기를 빕니다.

생태학의 대가,
최재천 이화여대 석좌교수

불멸이란, 좋은 일 하고 살면서 발자취를 남기는 것이라고 했고 환경은 미래세대에게 빌려 쓰는 것이기에 우리 세대가 누린 만큼 미래세대에 물려 줘야 이것이 지속 가능성의 기본전제라고 한다. 그런 의미에서 현존해 있는 특정한 인물을 지면에 소개하는 일은 다소 조심스런 행위이기는 하나 나는 오늘 불멸의 생태학 대가인 그분의 말씀과 철학과 인간이 어떻게 살아야 함의 숭고한 지론에 매혹되어 감히 그분을 초대 해 보려 한다. 수많은 직책과 사회 활동상을 간추려 봐도 무릇 셀 수 없을 지경이다. 그분은 MZ가 추앙하는 칠순의 지식돌(지식+아이돌)이며 진화론의 관점에서 기후 위기. 민주주의. AI의 미래를 논하는 "최재천의 아마존"구독자가 육십팔만 명을 돌파했고 소멸 위기의 대한민국에서 애 낳으면 바보라고 선언해 파문을 일으켰다. *떡상을 거듭 중에 영월 동강 댐 저지에 힘입어 환경연합 공동대표가 되었었고 제돌이 돌고래를 제주바다로 야생 보내기를 이행했으며 호주제 폐지 운동으로 대한민국 초대 여성운동상을 받기도 했다. 코로나19 때는 일상 회복지원위원회 공동위원으로 K방역에 동참했으며 조선일보에 십삼 년 동안 "최재천의 자연과 문화"를 연재하여 과학의 대중화를 시작한 일 세대인 최 재천 이화여대 석좌교수님을 한 번도 마주한 일은 없었지만 여러 글과 강의를 통해 존경하고 추앙한 지 꽤 오래되었다. 더욱 친근감과 자부심을 갖는 것은 내가 태어나고 자란 고향 강릉 땅이 그분도 태어나고 어린 시절을 보낸 정서와 동질감이 작용하기도 했다. 나열된 수많은 직책 가운데서도 그분의 본질은 아마 생태 환경지킴이가 아닐까 싶다. 온 세계가 인구 늘리기에 안간힘을 쓰고 특히 대한민국이 신생아 감소에 국력을 다 쏟는 이 시점에서 지구는 현재 포화상태라고, 애를 낳는 건 현명한 일이 아니라고 선언할 정도로~.

모든 생물은 번식을 막는 게 어렵지, 번식하게 하는 건 쉽다. 인간도 역시 어느 정도 환경이 괜찮으면 짝짓기하고 새끼를 낳고 사는 동물인데 얼마나 살기 힘들면 지금 그걸 못하고 있는 것일까? 결혼은 물론 출산. 육아, 교육 등 한 아이를 낳아 기르는데 드는 비싼 비용과 우리 앞에 닥친 절망적인 기후재앙을 보면 저 출생은 지극히 진화적인 적응 현상이라 했다. 그는 출생률이 회복되지 않았으면 좋겠다고도 했다. 전 지구적 관점에서도 인구는 줄여야 하며 교통난, 주택난, 물 부족은 모두 인구과밀에서 비롯되어 지구가 포화상태에서 오는 재난들이라고 짚었다. 세계인구가 십억에서 백억까지는 백 년이 걸렸지만 앞으로 팔십억에서 구십억 되는 데는 구 년밖에 걸리지 않아 다시 출생률을 끌어올리는 전략은 지구로서는 재앙이고 딜레마라고 보았다. 이해가 가고 논리적 공감이 가는 얘기다. 그는 이 같은 저출산으로 노동인구가 줄고 나라 경제가 무너지는 현상은 이민정책으로 해결할 수 있다는 방법론도 제시했다. 덴마크나 벨기에처럼 적은 인구에도 높은 국민소득을 올리며 사는 나라들을 벤치마킹해야 한다고 했다. 기후 우울증을 앓는 청년들을 많이 걱정하며 내일 당장 재난이 일어나지 않는다고 누가 장담할 수 있겠는가. 거실에서 장난감을 가지고 노는 손녀를 바라보며 자신도 모르게 '미안하다' 고 혼잣말을 할 때가 있다는 대목에서는 가슴이 찡함과 동시에 진정한 생태학자의 허물어져 가는 지구에 대한 걱정과 사랑이 교차하는 진면목을 볼 수 있었다. 그렇다. 지구가 웃어야 아이들도 인간도 웃는다. 팬데믹은 또다시 올 텐데 어른들이야 한두 번 더 마스크를 쓰다가 죽으면 끝이지만 이 아이들은 무슨 죄가 있어 태어날 때부터 마스크를 쓰고 살아야 하는 현실은 생태학자가 아니라도 누누이 오가는 얘기들이다 그는 생물 다양성의 불균형을 바로 잡지 않으면 코로나 사태는 계속 반복될 것이라고 경고했다. 국민의 70-80%가 백신접종에 동참해야 집단 면역 효과가 있는 것처럼 인류의 70-80%가 자연을 살리는 "에코백신(생태백신)"을 실천해야 생태계가 복원되고 지구의 수명을 늘릴 수 있으며 자연의 회복력은 생각보다 강해서 조금만 노력하면 복원할 수 있다는 희망도 제시해 주었다.

코로나 때 푸른 하늘을 보았다. 삼 년이라는 짧은 기간 인간들이 활동을 멈추니 자연이 제 모습을 보여준 것이라며 자연이 회복하는 속도가 예상보다 굉장히 빠르지 않을까 생각이 든다고 했다. 아닌 게 아니라 실제로 모든 이들이 3년 동안 다소 불편은 했지만 청정한 하늘과 숲을 경험했다. 환경학자들이 지구의 망가지는 과정을 열심히 기록했는데 자연이 되돌아오는 과정은 기록하지 않았고 데이터도 없으면서 "자연은 한번 망가지면 끝이야"라는 얘기를 너무 쉽게 한다면서 어쩌면 희망의 증거를 찾을 수도 있을지 모른다는 또 다른 희망을 제시했다. 통섭의 대가인 그는 모교인 서울대학교 졸업식에서 명연설을 한 축사는 두고두고 길이 남을만했다. 대학 학창 시절에 학구에 열중하지 않았고 미국 유학 시절 학점 세탁에 화려하게 성공해서 개과천선한 사람으로 이렇게 영광스런 이 자리에 서게 되었다며 너무도 솔직담백하게 거침없이 서두를 시작함에 다소 놀라기도 했지만 어쩜 이런 당당함은 자신을 신뢰하는 자신감의 발로라고 생각된다. 생태학을 이 땅에 뿌리 내리게 한 국립 생태원을 설립해 초대 원장으로 봉사하고 3천 페이지의 "동물생태학 백과사전"을 집필 출간하고 동참하면서 돌이켜보며 왜 이렇게 기를 쓰고 열심히 살았는가? 를 돌아보니 그건 바로 양심 때문이라고 했다. 끝내 꺼지지 않는 촛불 같은 양심 때문에 어쩌지 못해 그렇게 사회활동을 했다고 했다. 그래서 여러분에게 내 마음속에 타고 있는 꺼지지 않는 양심의 촛불을 드리려고 이 자리에 섰다고 했다. 재직 시 시험 리포트를 베낀 여덟 명의 학생들을 발견했었는데 그들을 벌하지 않고 대신 서약을 했다. 앞으로 살아가면서 정도正道만을 걸으며 살겠다고 약속하면 관용을 베풀겠다고-. "정도正道만을 걸어라!" 나는 그 학생들이 지금이 순간도 오직 정도만을 걷고 있으리라 기대한다고 했다. "그 누구보다도 많은 것을 소유하고 축복받은 여러분에게도 똑같은 당부를 드리려 합니다. 여러분이 공정하게 살지 않으면 바깥의 어려운 대다수의 사람들은 어떻게 살아가겠습니까. 공정은 가진 자의 잣대로 재는 것이 아니라 그건 그저 공평에 지나지 않는다. 키가 작은 이들에게는 더 높은 의자를 제공해야 공정하고 따뜻한 공평은 양심을 만나야 비로소 공정이 되는데 선배들은 입으로만 공정을 외치지만 너무나도 그렇지 않게 살고 있다. 불공정한 공평이 아니라 속 깊고 따뜻한 공정이 우리 사회에 기여하기를 바란다"며 인품이 권력이 되는 세상을 꿈꾸었다. "인생 살아보니 길더라. 여러분은 지금 인생 사분의 일을 살았고 자타가 공인하는 수재들이다. 취업전선에서 대 서울대 졸업장을 거머쥐고 막강한 힘을 가졌다. 그러나 딱 여기까지이다. 서울대 졸업장은 첫 번째 직장에서만 힘을 쓴다. 두 번째 직장에도 서울대 졸업장이 아니다. 쉴 없이 배우고 일하고 연구하고 또 배워야 한다."며 너무도 진솔하고 진정성 있는 축사를 마쳤을 때 우뢰와 같은 박수 소리는 울림과 파문을 일으키며 자리를 함께 한 모든 이들의 가슴속에 깊은 감동을 주고도 남음이 있었다. 그분의 말과 글은 치열하게 살아 온 경험들을 토대로 교만과 명령이 아니라 조곤조곤 설득해 내려가는 부드러움이 그대로 모든 이들의 마음속에 와 꽂히는 강한 힘이 있다. 대자연이 숨 쉬는 고향 강릉 땅에서 환경이 주는 영향이었을까 생명의 아름다움과 자연을 시로 써보고 생명의 속살을 파헤쳐 보고 싶었다고도 했다. 그래서였을까? 자연을 그대로 연구하는 학문인 생태학의 권위자가 되었다. 손잡지 않고 살아남은 생명은 없다고 한다. 삶은 경쟁과 협력의 조화이며 연습이 필요하고 인간은 가장 배타적인 동물이다. 모든 자연들과 함께 공생하며 살아야 한다. 마치 나뭇가지들이 한 방향으로 자라지 않듯이 삶의 영력을 넓혀 모든 이, 모든 세상을 사랑하고 나누라는 의미로 받아들여졌다. 끊임없이 연구하고 노력하며 살다 보니 허무가 넘겨지더라며 유전자의 폭력에 항거할 수 있는 것이 인간이다. 자연과 손잡고 살아야 한다고 확신하는 그. 그는 타임머신을 탈 수 있다면 1963년 팔월 스무 여드렛 날. 마틴 루터 킹 목사가 워싱턴 링컨 기념관 앞에서 한 연설을 현장에서 직접 들어 보고 싶다고 했다.

"나에게는 꿈이 있습니다."로 시작되는 그 명연설~.

젊은 청년들에게 그는 "살아보니 인생 참 길더라. 조급해하지 말라. 만회할 기회는 얼마든지 있다."고 희망을 주었다. 어릴 때부터 학교가 너무 좋아 일요일에도 학교 운동장에서 놀던 아이였다고 회고했던 최재천 석좌교수님은 문학에도 취향이 있어 강릉 출신들로 고향과 전국 각처에서 국가와 사회를 위해 일하면서도 글을 쓰는 분들로 이루어진 문학단체인 강릉사랑문인회 "강릉 가는 길" 문집에 초대작가로 글을 올리기도 해 주셨는데 글 속에서도 과시나 가식이 없는 배려의 진정성이 풍기는 진정한 강릉 사랑 인의 풍미를 느끼기에 충분했다. 서울 유학 생활 중 방학만 되면 첫날부터 영동선 기차를 타고 묵호(동해)에서부터 차창 가로 달려 나가 끼 넘치는 자연인으로 푸른 바다를 격하게 맞이하였다던 학창 시절의 추억담을 노래했던 분, 오직 자신의 입지와 출세만을 위한 흔한 부를 쌓은 업적이 아니라 또한 오염되고 혐오스런 정치판도 아닌, 오직 타고난 공정하고 따뜻한 품성의 DNA와 산·바다·강을 낀 아름답고 청정한 대자연의 환경 속에서 나고 자란 감성의 영향력이 버물어져 오늘날 지구를 살려내려는 신앙 같은 생태학의 대가로 자리매김하지 않았을까 싶다.

그래서 더욱 빛나고 위대하다. 내 고향 강릉 땅이 낳은 너무도 존경스럽고 자랑스러운 보물 일호인 최 재천 석좌교수님!

어쩌면 이런 분이 계셔서 지금 이순간도 지구는 살아남아 뭇 생명들이 숨을 쉬며 살아가고 아직 까지는 시골의 밤하늘에 맑고 밝게 비치는 달과 별을 바라보며 신비에 젖을 수 있나 봅니다.

*떡상 : 어떠한 수치가 급격하게 오르는 것을 의미함. 좋은 의미로 내가 한 무언가가 굉장히 좋아졌다는 뜻.

화마가 쓸고 간 고향 산야

떠나온 지 반세기를 훌쩍 넘긴 세월, 고향은 너무도 참담하게 변해버렸다.

지리적으로 강릉과 동해 사이에 위치한 옥계면은 석병산과 백봉령이 병풍처럼 둘러져 있고 현내리를 중심으로 남쪽으로 뻗어 들어간 남양리와 서쪽으로 뻗은 산계리와 동쪽에 위치한 북동리 골짜기 세 갈래로 나누어지고 해변 쪽으로 주수리 금진리 낙풍리 천남리로 나눈다. 세 골짜기에서 흘러내리는 시냇물은 주수천을 거쳐 푸른 동해로 흡수되는데 흘러내리는 자갈밭은 흰 돌, 푸른 돌, 분홍, 노랑 자연석들이 수를 놓은 듯한 위로 맑은 시냇물이 흐르면 그 아름답고 청량한 물빛은 형언키 어렵게 차고 고왔다.

과연 지명인 구슬 옥玉자 시내 계溪답게 수려한 곳이었다. 이곳이 허물어지기 시작한 시기는 바로 산계리에 한라시멘트 공장이 들어서던 1980년대부터였다. 산계리는 계곡과 산세가 빼어나 옥계면민은 물론 외지에서도 소풍이나 꽃놀이 물놀이가 있을 때는 꼭 그곳을 찾던 휴식처였다. 시냇가 건너 천남리에는 생골터라는 천연 약물터가 치유의 샘터로 전해져 많은 환자들이 효험을 보며 찾아들던 명소이기도 했다. 공장이 들어서면서 그 고운 시냇가 자갈들은 다 걷어내 팔려 갔고 해당화 만발하던 명사십리 백사장은 시멘트를 출하하기 위해 선착장이 서게 되고 자갈을 걷어낸 냇물 위로는 시멘트 운반용 레일이 깔렸다. 요즘도 사업이 되는 요인이 생기면 마을 사람들에게 소위 보상금이라는 명목으로 얼마씩 지불하고는 신이 내린 자연 자원을 마구 파헤치기 시작하는 것처럼 옥계면에도 그렇게 무너지는 단초를 마련하게 된 것이다. 그뿐인가, 포스코에서 마그네슘이 나온다고 마구 공장을 세워 하천 오염농도가 매스컴에 기사화되기도 했다.

동화의 나라 같고 산수화 같고 구슬 같은 옥계를 그 아까운 자연을 후딱 팔아치운 어리석은 주민들, 아름다운 관광자원의 부가가치를 헤아리지 못하고 금방 눈에 보이는 자그마한 이익만을 추구했던 근시안적 안목들이 오늘의 황량한 옥계로 세상에 모습을 드러내고 말았다.

그것도 모자라 더하여 삼 년 전에 남양리에서 불을 내어 지리적으로 연계되어있는, 동해 망상까지 날개 달은 불길은 초토화 시켰다. 조상 대대로 살아가는 집성촌 마을에 외지인, 그것도 샤머니즘 종교인의 무모한 행위로 엄청난 재난을 불렀는데, 간접적인 책임은 마을 사람들에게도 있다. 정상적인 생활인이 아닌 외지인에게는 주시하고 관심과 계도가 행해졌어야 했는데 전연 무관심과 방관 상태로 화마를 당한 것이다. 한번 붙은 불길은 벽이 없고 막을 수 없어 걷잡을 수 없이 동해안의 양강지풍을 타고 초토화 시킨 것이다. 명물 약수터였던 생골터도 우람했던 거목들과 함께 생을 마감하고 말았다. 거의 인간의 한계를 폭격하는 재난이기도 하다. 하늘에서 비를 내리기 전에는 속수무책일 수도 있다. 그런 일을 당한 지 꼭 삼 년 만에 또 그 골짜기 한동네에서 화마가 시작되어 지난번보다 더 큰 재난을 불렀다. 이번에도 조금만 관심을 가지고 살펴보았다면 면할 수 있는 화마였다. 방화자는 정상치 못한 질환을 가진 사람이었고 거기에다 개인적인 보상 문제로 가진 자와 얻으려는 자의 줄다리기가 있었는데 그것을 빌미로 불을 놓겠다는 언질을 주었지만, 요인을 감지하고도 설마 하는 위기불감증과 이웃의 무관심으로 이 엄청난 재난을 유발한 것이다. 원인이야 불고하고, 이미 저질러진 사고에 초동 진압 방어 수단 장치가 마련되어 있었더라면 이렇게 대형으로 당하지는 않았을 듯싶다.

안전안보 용어에 Fool Proof(산불예방제도)가 있다. Fool(풀)은 바보가 저지르는 일을 의미하며 Proof(프루프)는 방어한다는 뜻이다. 고의든 아니든 바보스럽게 실수를 저지르더라도 방어수단 장치를 마련하는 방법이다. 발생확률을 백 프로 가정하고 대책을 마련하여 인간이 저지르는 재앙뿐만 아니라 자연 재앙도 방어한다는 기법이다. 설령 바보처럼 어처구니없는 방화가 있다손 치더라도 산림 안보 차원에서는 초동 진압 방안이 기술적으로 수립되어 실시되어야 한다는 것이다.

연례행사처럼 행해지는 봄철 영동지방 산불에 대한 지극히 기술적이고 적극적인 대처 없이는 반복될 수밖에 없는데 이 기법을 도입한다면 획기적인 산불 초동 진압 장치가 마련되는 것이다. 내가 직접 겪지 않고 당하지 않으면 위기의식을 전연 느끼지 않고 방심하게 되고 강 건너 불구경하다 금방 잊고 만다. 인간사 살아가는 데 없으면 살아갈 수 없는 물水불火은 잘 사용하면 생존에 엄청난 유익을 주지만 잘못 사용하면 걷잡을 수 없는 재난을 부른다. 아무 생각 없이 무심코 버리는 담배꽁초나 시골 화목난로 난방 쓰레기 태우기 같은 소소한 일상이 위기불감증에 걸리면 자연과 인간의 목숨을 송두리째 삼켜버리는 종말을 맞는다. 한 사람의 잘못된 한순간으로 이웃 도시 동해시까지 초토화시켜 원성이 높아진 이 불명예를 어떻게 치유하고 복원시켜야 될지 요원하고 참담할 뿐이다. 화재 현장 산야에서 시커멓게 타고 그을린 아름드리나무들과 아직도 그을음 냄새가 진동하는 고향 땅 산야를 바라보며 인간의 무심한 위기불감증이 저지른 재앙에 하늘에 부끄럽고 가슴이 답답해 숨이 막혔다. 주범의 솜방망이 처벌도 재정비하고 처벌 수위를 높여 경각심을 더 주어야 한다. 재앙과 더불어 시대의 변천으로 고속도로의 시대에 옥계는 또한 도로의 주막거리가 되어 버렸다. 그 곱던 고향 산천이 다 허물어지고 하나도 다치지 않고 때 묻지 않고 오직 하나 남아 있는 한 귀퉁이가 있으니 바로 금진리이다. 한국여성수련원이 십여 년 전에 들어서면서 은빛 파도가 눈부시게 부서지던 유년의 바다, 해당화 곱게 피던 아름답고 울창한 해송 숲을 지키며 지식과 토론의 광장으로 인적 쇄신을 키우는 보고로 더욱 빛나게 하고 있고 수로부인의 설화가 깃든 정돈된 헌화로엔 오가는 길손들이 탄성을 자아내고 있다. 마침 그곳에 ㈜태영에서 거대한 레저 관광단지를 만든다고 한다. 이제 이곳 풍광에 걸맞는 사업이 진행되는 듯싶어 사뭇 기대와 흥분이 된다. 이 지역 주민들이 신이 내린 아름다운 자연 보고를 고이고이 간직했다가 때를 기다려 이제 레저 관광단지와 함께 면 전체가 조성될 수 있었더라면 옥계는 더욱 풍성한 명품관광 도시로 우뚝 섰을 모습을 생각하니 분하고 안타깝기 이를 데가 없다.

　고향을 이곳에 둔 나를 비롯하여 떠났거나 떠나지 않고 뿌리내려 사는 토박이들이나 지켜내지 못한 무관심과 무지함에 통탄을 금할 수 없지만 엎질러진 물이라 살아가는데 만시지탄으로 교훈을 삼을 수밖에 없다. 명품 금진리는 온천 개발도 용이한 천연자원을 품은 천혜 명 승의 보고이다. 한 귀퉁이나마 아직은 그래도 훼손되지 않은 북동리 까지 연계하여 아름답고 수려한 자연을 품은 명승 관광지로 거듭나 상습적인 화재 진원지라는 오명을 벗고 또한 이웃과 사회에 상처와 아픔을 주었던 댓가로 새로운 명품 옥계로 태어나 상처받고 고단한 세상 모든 이들이 찾아와 치유 받고 즐길 수 있는 관광 힐링의 도시로 우뚝 서주기를 기대한다. 잃은 것이 있으면 얻는 것도 있음이 진리이 다. 그 희망으로 피폐된 어제를 잊고 고향의 잃어버린 상실의 아픔을 거두어 보려 한다.

가슴으로 맺은 외삼촌,
시인 이성교

나의 외갓집은 달이 뜨면 달빛이 서산을 넘을 때까지 장애물 없이 드넓은 들판, 버덩 마을을 유유히 흘러가는 강릉시 박월동이다.

그곳에는 고성집이라는 택호를 가진 외할아버지 삼 형제분이 이웃해서 오순도순 사셨는데 그중 막내 외할아버지 댁은 칠 남매를 두었고 작은 외할아버지 호는 월호月湖를 쓰시며 집이 제법 커서 여러 개의 방을 소유하고 터전도 아주 고즈넉했다. 어느 날 막내 외할아버지 댁에 삼척이 고향인 강릉상업고등학교 입학생 하나가 이웃 지인의 소개로 숙식을하게 되었는데 나이는 칠 남매의 맏이보다 세 살 위인 바로 이성교 시인이었다.

작은 외할아버지는 출입객이라 바깥일을 많이 보셨고 작은 외할머니는 시인님의 어머님과 동갑 나이로 더욱 친숙해질 수 있었고 어머님을 일찍 여읜 시인님은 유난히도 인정이 많고 예의범절이 반듯한 그분에게서 자연스레 어머니 품을 느끼셨고 또한 외할머니는 칠 남매를 두셨지만 살갑게 따르는 시인님을 양아들로 삼으시고 친자식처럼 알뜰히 보살폈다고 한다. 외할머니 맏딸인 이모님은 가끔 어머니가 집을 비우는 날은 시인님이 세 살이나 위였지만 처녀라고 완고한 옛날이라 밥상을 차려 시인님께 드리고는 이웃집으로 피신하였다가 밥상을 물리면 집에 돌아와 치우곤 했다고 한다.

시인님이 여름날 오후 학교에서 돌아오면 출출할 때 외할머니가 텃밭에 열린 가지를 따다가 금방 쪄 무쳐주던 밥상을 잊지 못한다고 하셨단다.

상고를 졸업하고 3년 동안 기기하셨던 박월리를 떠나 국학대학에 입학하시고 졸업 후 직장을 잡아 일본에서 교환교수로 계실 때에 제일 먼저 초청하신 분이 바로 양어머니셨다. 특수한 사람들만 비행기를 타 보는 시절에 맏아드님과 함께 일본을 다녀오신 외할머니는 친자식과 똑같이 대해 준 그 사랑을 잊지 않으시고 오롯이 채워 친어머님처럼 보답해 준 시인님을 더욱 아픈 손가락으로 엄지손에 붙이셨다고 한다.

끊임없는 모자지간으로 서로 정을 나누며 작은 외할머니가 말년에 왕산에서 기거하실 때 시인님은 시골집을 자주 찾아 드시어 별이 쏟아지는 밤하늘을 만나 며칠씩 묵으시며 시심을 살찌우셨고 양어머니가 지어 주신 따순 밥을 뜨면서 모자지간의 정을 시심으로 절절이 풀어놓으시기도 했다. 발간하신 시집마다 박월리의 정경과 양어머니에 대한 애틋한 정을 시에 담아내셨고 또한 왕산골에서의 주변이 주는 자연환경과 양어머니와의 추억을 새록새록 너무도 맑은 시어로 펼쳐 놓으셨다. 시골 왕산골에서 휴가를 보내고 헤어질 때는 떠나가는 양아들의 뒷모습을 조금이라도 더 보기 위해 산모퉁이 다 돌아갈 때까지 까치발하며 손을 흔들어 배웅하면 시인은 몇 번이고 뒤돌아보며 잰걸음을 옮겼다고 한다. 어느 여름날 시인께서는 삼척 월천리 고향 집으로 이모님들을 초대하신 일이 있었다. 한여름이라 수박을 사 들고 갔더니 시인님 댁 밭에 수박이 가득 찼던 해프닝도 있었다고 한다. 이모님들에게 시인님의 얘기만 듣다가 내가 처음 대면한 것은 제일 큰외삼촌이 아들 장가보내던 결혼식에서였다. 강릉 초당에서 결혼식을 마치고 춘천행 버스 시간을 맞추기 위해 택시를 불렀는데 마침 서울로 가시려던 시인님과 합승을 하게 되었다.

'선생님은 어디에 오셨다 가시는 길입니까?' 하고 물으니 '아, 여기 동생네 결혼식에 왔어요!' 하신다. 혼주가 누구시죠?' 했더니 외삼촌 이름을 대시며 '나는 이성교라고 합니다!' 하셨다. 늘 얘기만 듣던 시인 이성교 님을 처음 조우 한 순간이었다. 그 후 "문원당의 사계"를 엮고 출판기념회를 하던 그날 피치 못할 사정으로 함께 하지 못함을 아쉬워하며 장문의 손 편지를 보내주셨다.

마치 울 어머니 그 옛날 치부책에 곗날과 제삿날 적어 놓으셨던 글씨 닮은 원시적 필적이 그리움을 자아내며 내용도 눈물 나도록 정을 푹 쏟아 놓아 이제 나에겐 아주 귀한 유품 선물로 간직하게 되었다. 시인님의 심성은 뿌리 깊은 신앙이 근간도 되지만 너무도 맑고 긍정적이라 타고난 그 품성을 구십 평생 유지하고 사신다는 그 자체가 내겐 기적으로 여겨진다. 맑은 심성 때문인지 얼굴 표정은 늘 평화로웠고 혈색은 홍조를 띄우셨다. 누구에게나 칭찬을 아끼지 않으시고 시 속에서도 작품마다 언행이 일치하는 시인이셨다.

비록 가슴으로 맺어진 조카이지만 당신과 함께 문학 활동을 하며 사유를 공유하는 나를 무척 아끼시고 대견해하며 자랑스러워하셨다. 나 또한 요즘 극히 만나고 보기 힘든 언행과 해맑은 심성을 품은 어른을 외삼촌이라는 이름으로 만나서 너무도 벅찬 기쁨과 존경심으로 그분을 생각하면 흐트러졌던 언행을 고쳐 세우게 되기도 했다.

작년에 나의 세컨하우스인 문원당을 이모님들과 내방 하겠노라고 전화를 주셔서 이제나저제나 하고 기다렸는데 그 연세까지도 건강하게 신앙생활과 강연도 하시며 활동하시다 코로나에게 지신 것이다. 시대적 패악인 역병이 아니었더라면 좀 더 사셨을 텐데 너무도 아깝고 그 안타까움을 형언할 길 없었다.

이제 이 강릉사랑 문인회에 신입회원으로 입회하여 더 살가운 해후의 희망이 있었는데 만날 수 없음을 직감하니 허허롭기 그지없다. 살아계셔서 만났다면 얼마나 반기시며 자랑하시며 등을 도닥여 주셨을 당신!

가슴으로 맺어진 시인님과의 인연이 여기까지이고 보니 목숨은 태어날 때부터 죽음의 기저귀를 차고 나온다는 어느 지성인의 말이 실감 나는 이 시간이다. 하느님을 믿는 신앙이 인생 좌표의 제 일 순위였고 너무도 하느님의 모상으로 한 생을 사셨기에 지금 하느님 품 안에서 영원한 안식을 누리리라 믿어 의심치 않지만 또 한 번 간절히 청해 본다.

"사랑과 부활의 주님! 주님을 굳건히 섬기며 티 없이 살다 당신 곁으로 가신 이성교 시인님의 영혼이 하늘나라에서 영원한 안식과 평화를 누리게 하여 주소서! 아~멘!"이라고~.

불공정을 바로 세우는
국민투표의 힘

코로나 시대가 도래하고 언제가 끝인지 기약조차 없던 시간들이 세계와 더불어 우리 땅에서도 사람들은 점점 은둔의 생활에 지쳐가고 있을 때 TV조선에서는 일억 상금을 걸고 미스터 트롯이라는 가수를 발굴하는 행사로 온 국민을 열광케 했고 스트레스를 푸는 창구 역할을 했다.

전국 각지에서 가수가 되겠다는 부푼 꿈을 안고 각처에서 활동하는 재능꾼들에게 스타의 기회를 부여하는 큰 행사를 시작한 셈이다. 한 주에 한 번씩 결전을 벌이는 진행으로 십여 명의 전문 레전드들의 심사 투표점수에 직접 관람한 관객투표와 결정적인 종합점수는 T.V를 통해 청취하는 전 국민 참여 투표로 진·선·미를 가려낸다. 정말 처음 대하는 신선한 참가자들의 발군의 실력과 톡톡 튀는 재주와 끼는 침체되었던 시대적 분위기를 화끈하게 쇄신하고 열광케 하기에 모자람이 없었다. 펼쳐지는 처음 무대에서 그 기량과 기본실력이 벌써 예감으로 나타나고 바로 그 선입견과 저력이 정확하게 결승 패를 가리는 추세였다. 개인적인 실력이 출중한 사람은 조를 이루며 행해지는 조별 대항 게임에서도 두각을 나타내고 있었다. 진행에 박수치고 싶은 것은 함께 화음을 맞추며 서로를 배려하고 호흡하며 하나로 아름다움을 엮어내는 모습들을 청취할 수 있는 게임 프로였다. 그리고 너무도 다양한 참가자들의 음악적 자질과 사는 방법에 세상 젊은이들의 꿈과 애환을 볼 수 있어 감동적이기도 했다. 그러나 경쟁과 승부는 냉정하다. 예선전에서 추려내고 열 네명으로 결승 진출의 고지에 오를 때 조금은 석연치 않았다. 내가 보기에는 아니다 싶은 한 두 명의 출연자가 무대 앞 관객과 레전드들의 순간적인 혹함과 군중심리와 약간의 동정심 발로로 사람이 하는 일이라 의문의 점수가 나오는 상황이 되기도 했다. 심사는 최종 일곱 명으로 좁혀졌다. 정말 특이한 재주꾼은 힘든 난이도인 태권도 동작을 하면서 흐트러짐 없는 소리를 내는 후보였다.

마지막 진.선.미를 가리는 결정적인 역할은 바로 시청자들이 참여하는 국민투표로 희비가 가려지는데 국민투표는 정확하게 가려내 주었다.

레전드들의 심판보다 더 정확하게 등수를 바로 세우고 있었다. 일기에서 감동적이고 희망적인 인재 발굴은 열세 살의 초등생으로 일약 스타의 반열에 올리면서 바로 미스터 트롯 일기 대단원의 막을 내렸다.

그다음 해는 바로 미스트롯 모집이 있었고 상금은 일억에서 일억 오천만 원으로 상향됐다. 여성 출연자들은 성량 면에서는 미스터 트롯보다 떨어졌지만 음지에서 무명 가수 생활을 하며 꿈을 키우던 출연자도 있었고, 창으로 작은 성량을 키워온 아직 어린 출연자들도 있었다. 미스트롯 역시 첫 회 미스터 트롯과 똑같은 과정으로 심사가 시작되었다. 열 네명으로 단축되고 일곱 명으로 단축되는데 사실 이번 심사는 아주 어린 두 출연자가 칠 위 안에 들었는데 기실 음악성은 좋다지만 작은 성량이 창을 해서 기댄 성량으로 온몸으로 기를 쓰고 부르다 보니 듣는 이로 하여금 힘들게 했고 그러다 보니 자연스런 감성을 주지 못했는데 실력보다는 레전드들의 흥분과 관객들의 개인적인 감성 분위기에 취해 상위 자리로 올라가고 있었다. 하기야 열 네명으로 압축되었을 때 진으로 선정된 사람이 순위에 들지 못했는데 앞자리 출연자의 부정행위에 의해 다시 불려 나와 미스트롯 진이 됐으니 말이다.

그런데 감성과 약간의 동정심이 섞였던 순위를 국민투표는 역시 냉철한 판단으로 바로 세웠다. 레전드들도 놀랐다. 어린 입상자들은 미래의 가능성과 격려 차원에서 입상 등위에 올린 측면도 있는데 아니라고 본다. 경쟁은 경쟁이고 미래의 가능성은 따로 분리해서 키워야 옳다고 본다. 그로 인해 실력자가 기회를 잃어 인생이 달라질 수 있기 때문이다. 년 세 번 연속으로 이번엔 국민가수를 뽑는다. 상금은 무려 삼억으로 대박이다. 이번엔 트롯이 아니다. 발라드 가수를 탄생시키는 장이다, 시작부터 출연자들은 트롯보다 달랐다. 출신의 면면과 출연해서 행하는 매너들도 달랐다. 울고 웃는 기복이 없고 세련된 모습들이었다. 이번에도 아주 어린 최연소 출연자가 있었는데 만들어진 목소리가 아니라 타고난 가창력이 놀라울 지경이었다. 너무도 자연스러운 가창력과 얼굴도 행동도 전연 때 묻지 않은 재주꾼이었다. 국민가수 역시 선정되는 과정에서 한 명이 관중투표에서 동정심의 발로로 상위 대열에 끼어들었다. 걱정스러웠는데 국민투표가 역시 순위를 바로 세우고 있어 놀라웠다. 이렇듯 온통 옳고 그름, 다름과 같음, 싫고 좋음, 편견, 이념, 철학이 얽히고설키어 살아갈 때 기본질서와 사고 안에서 행해지면 국가나 사회나 가정이 바로 서는데 그렇지 못할 때 허물어지고 비뚤어져 주저앉는다. 이 나라의 존망의 갈림이 달렸다고 볼 수 있는 대통령 선거가 도래했다. 온갖 굴곡진 정치 속에 국민들이 고통의 삶을 살아 왔는데 정말 모든 국민이 진정으로 나라를 생각하고 사회를 생각하고 세계정세를 깊이 파악해서 불공정한 심사 판단을 막판에서 국민투표로 가수들의 순위를 바로 세우듯이 이번 선거에서도 대한민국 국민들이 투명하고 공정한 국민투표로 나라를 바로 세워주기를 간절히 바라며 투표에 임했다. 대한민국을 바로 세우는 국민투표는 또 한 번 국민들이 바로 세우고 있었다.

절체절명의 순간 어쩌면 쉬쉬함 속에서도 국민들은 치우침 없이 균형을 이루며 위정자들의 질서와 근간을 바로 정립하라는 준엄한 심판을 내린 것이다.

진영과 지역, 성별과 년령, 부모와 자식 간, 종교와 편견으로 각자 다름이 무기라도 되는 양 얼룩진 상황 속에서도 이렇게 총명하고 든든하고 근사한 심판을 내린 국민 레전드들이 나라의 주역이고 희망이며 힘이다.

공정과 상식의 토대 위에 위대한 국민들이 있어 나라와 세상이 그래도 무너지지 않고 굴러가는 것인가 보다. 진실로 대한 국민 레전드 만세이다.

제 5 부
초대의 글

문턱

열린 문으로 달려드는
초록의 향연,
고풍스럽게 걸린
달빛 휘호 한 자락,
『춘, 화, 추, 실』
봄에는 꽃이요,
가을엔 열매라.
창조주의 섭리가 문턱을
넘나들며 안, 밖에 걸렸다.

구순의 달빛 그 그림자
― 청하 성기조 선생님의 구순을 축하드리며

　청하 선생님과의 인연을 풀어보려면 우선 먼저 등단 동기를 피력하지 않을 수 없다. 춘천의 H 대학교 교육원에서 시, 창작 교실 수강생을 모집하는 기회가 있었다. 마침 평소에 해 보고 싶었고 또 그 방면으로 싫증을 내지 않는 나의 잠재력을 믿기까지 했던 터라 수강 신청을 하고 국어국문학과 j 교수님의 지도를 받은 후 추천으로 2006년 격월 지 "수필시대" 1, 2월호 신인상을 받고 등단하였다. 1, 2월호에 게재되었지만 그해 시월 스무이렛날은 문학상 시상식과 함께 친정아버님의 장례식 바로 다음 날이라 머리에 상주 리본을 꽂고 참석해 더욱 평생 잊을 수 없는 날이 되었다.

　한국문학진흥재단 이사장님이신 청하 성기조 선생님을 뵙고 그해 신인상 수상자들의 대표로 상패와 꽃다발을 받으며 온화하기 이를 데 없는 모습의 선생님을 친견하였다. 그날 선생님께서는 제 작품에 대해 보통 일반인들이 경험할 수 없는 이색적이면서 청순하고 인상적인 소재로 앞으로의 글쓰기에 주제의 귀납에 가까이 접근하기 쉬울 감명 깊은 글이라는 심사평을 해 주셨다. 그 후로 물론 생활영역이 지방인 관계도 있었지만 모지母紙인 문학지에 관계하기보다는 지역 문단에 몰두하며 제법 입지를 넓혀가고 있었다. 중앙의 청하문학회에 이사직을 수

행하고는 있었지만 적극적인 참여 활동은 하지 않고 있었다. 그러나 중앙의 적극적인 회원들의 활동상과 대내,외적인 행사 소식들은 늘 접할 수 있었으며 그럴 때마다 이런 생각이 들었다.

청하 선생님이 어떤 분이시기에 저렇게 덕망 있는 제자 및 회원들의 적극적인 호응 속에 행사들이 성황을 이루며 운영되고 있을까? 국내뿐만 아니라 해외에서까지 적극적인 동참과 후원자들은 또 무엇일까.

궁금하고 호기심까지 갖기 시작했다. 묵묵히 일하시는 중앙회 임원들의 관심과 챙김으로 앉아서 돌아가는 청하회의 모든 동향을 파악할 수 있었으며 인하여 내 마음은 쏠쏠하게 나도 식구라는 소속감이 붙어 나기 시작했다.

그러던 지난해 시월, 해마다 연례행사로 치러지는 문학기행 행사를 마침 내가 살고 있는 강원도, 그것도 아주 접근하기 가까운 평창 오대산에서 행해진다는 공지를 받았다. 이때다 싶고 또 생전 처음 합류해보는 행사라 설레기도 하며 낯섦의 부담감이 교차하는 순간이었다. 한 번도 마주해보지 못한 진행 팀이나 회원들, 그리고 이사장님이신 청하 선생님도 나를 기억할 수가 없을 터였다. 딱 한 번 신인상 받을 때 뵈었고 그다음은 얼굴 마주 대할 기회가 한 번도 없었기 때문이다. 시월의 그날은 날씨도 얼마나 따사로웠는지~

양양 세컨하우스에서 세미나가 열리는 평창군 대화면 주민센터로 바로 찾아갔다. 세미나는 시작되어 있었고 나는 살짝 뒤편 빈 좌석에 앉았다. 김귀희 주간님은 생면부지 초면인데 금방 나를 알아내시고 마주 잡은 손바닥이 따스했다. 세미나 석 중앙에 자리 잡으신 청하 선생님의 얼굴은 그 세월이 지났어도 그 모습 그대로 금방 알아볼 수 있었다. 강의 목소리도 누가 구순에 접어드셨다고 하겠으랴. 모든 행사가 끝나고 마지막에 나오시는 선생님에게 인사를 드리며 나 라는 존재가 기억에 남아 있으려나 싶었다. 용기를 내어 "선생님! 너무 오랜만이예요. 저를 기억하시겠어요?" 하고 물었더니 청하 선생님은 내 손등을 마주 덮으시며 "알지! 며칠 전에도 J 교수와 얘기했지!" 하시는 게 아닌가. 그러면서 손을 놓지 않으셨다. 놀라움과 가슴으로 번지는 신뢰가 솟구치면서 무엇엔가 구겨져 있던 성찰이 등 줄기로 번졌다.

아! 내가 너무 무심했구나! 그동안 한 번 찾아 뵀어야 했는데~.

미안함과 민망함이 교차했다. 그 인자하심과 편안함을 느끼게 하는 모습은 여전하셨다. "서울에는 가끔 와?" 하고 물으신다. "특별한 볼일이 없는 한 자주 못 갑니다!" 라고 했더니 속삭이시듯 "한 달에 한 번씩 서울 올 수 있게 해달라고 기도해!" 하신다. 이토록 아름다운 구순의 어른을 어떻게 만날 수 있을까.

그 순간 왜 그분을 따르는 제자와 회원들. 또 무수한 문학인들의 흠모를 유추하고도 남음이 있었다. 저녁 식사 후 식당에서 출입문을 함께 나오며 신발을 꺼내시는데 마침 제자 한 분이 바로 옆에 있기에 신발을 꺼내드리지 가만있느냐고 했더니 그분 하시는 말이 "선생님은 제자들이나 누구에게도 폐를 끼치는 행위를 절대로 하지 않으시며 특별한 대접을 받지 않으셔요!" 라는 대답이 돌아왔다. 멋진 어른이셨다.

늘 타인의 의견을 경청하며 최적의 해법을 찾고 자신을 과대평가하지 않는 사람을 어른이라 칭하고 보면 말이다. 한 조직의 내면을 알아보려면 퇴임한 자들의 얘기를 들어 보면 알고 스승을 알려면 제자들의 얘기를 들어 보라 했던가. 그분이 풍기는 구순의 달빛 그림자는 그렇게 든든하고 은은하고 감미로웠다. 광활한 우주의 생명체인 달빛은 무디거나 무서운 범죄인도 서정과 신비를 불어 넣어 주고 무언의 그리움과 기다림과 사랑이 가득 담겨져 있듯이 말이다.

그동안 몇몇 문화예술인들의 적절치 못한 언행과 품성에 꼬일 대로 꼬여 왔던 가슴의 응어리가 사르르 풀리는 현상을 감지하고 있었다. 지금 문학계를 살펴보면 물론 일부이지만 소위 이름 있다는 원로 문인의 부적절한 추문과 교만과 노욕, 또 더러는 정치에 가담해서 이성을 잃기도 하며 좁은 바닥 지방에서도 제자들을 양산하며 수하에 두고 과시와 자아도취 속에 언행일치가 되지 않는 위인들의 행태를 보며 따르고 존경할 만한 어른이 귀한 세태에 문단의 거목이기도 하신 청하 선생님의 진솔하시고 중심을 잃지 않는 고결함은 진흙 속의 진주를 발견한 듯싶어 내 마음이 너무도 행복하고 문학에 대한 새로운 비전과 희망을 찾은 듯싶어 오월 맑은 하늘을 보는 기분이었다. 마치 큰 행운을 받아 안은 듯한 푸근함이 하늘 가신 내 아버지를 만난 듯 감격스러웠다.

육십여 년을 문단에 머무시면서 삼천여 편의 시와 일천여 편의 수필로 백오십 여권을 집필하시며 후학을 기르시어 숱한 제자들 중에서도 특히 나이 든 제자들이 스승의 날엔 잊지 않고 찾아 든다고 한다. 해마다 노벨문학상 후보 작품 추천을 노벨 아카데미에서 위촉받아 추천하시며 국내에서만이 아니라 국제적으로도 문학적 위상이 손꼽힐 정도로 수려하심은 비단 그 행적이 나열된 숫자만으로 만이 아니라 인간적인 본심, 인품을 간파했기 때문이라는 생각이 든다. 쓰신 시 "고향으로 가는 길"과 "꽃"에서 선생님의 서정과 인정을 읽을 수 있었다. 얼마나 신이 내리신 대자연과의 교감을 그리워하고 중시하심은 신앙의 토대 위에 본질은 가득한 사랑이 아닐까. 예술혼을 불사르는 인간의 의욕과 대자연을 품는 뜨거운 사랑은 인간의 순수한 욕망과 본능인데 그 마음속엔 선한 희망이 들어있음을 감지할 수 있었다. 선생님께서 지향하시는 모든 대자연과 피조물에 대한 그리움과 기다림과 애착은 사랑이기 때문이다. 그런 사랑은 비단 문학으로 글에서만 풍기는 것이아니라 가족애로도 완벽하게 거느리심을 볼 수 있었다. 내가 몸담은 모지母誌인 수필시대의 인연으로 존경받는 선생님을 모실 수 있음은 행운이고 축복이요 자랑이 아닐 수 없다. 나 비록 선생님에 대해 알고 있는 것이 겨자씨만큼도 안 되지만 지난번에 만나서 보고 듣고 느낀 모습 그것만으로 족하다. 그 이상은 더 알고 싶지도 않고 필요치도 않다. 인자하신 인품과 겸손과 선하신 기개, 구순의 연세에도 매무새나 언행과 품위가 넘치시는~ 그래서 정말 선생님과 마주 대하는 그 누구나가 편안해지고 행복해지는 모습에 한없는 경의를 표하며 내 인생의 롤모델로 삼고 싶다.

부디 그 모습 변함없이 건강하게 오래오래 우리 곁에 머무를 수 있기를 신에게 간절히 기도하며 구순을 맞이하신 선생님께 다시 한번 가슴속에서 우러나는 축하와 오늘도 건강하고 의연한 모습으로 곁에 서 계심에 감사를 드립니다.

칡넝쿨의 이름으로
— 속초 〈갈뫼〉 50주년 축하 글

한 지역 동인 문학이 50집 출간으로 반세기를 엮어온 속초 갈뫼 문학인의 저력에 우선 먼저 경의를 표합니다.

속초는 제게 아주 인연이 깊은 곳입니다. 남편의 발령 임지였던 1998년부터 4년 동안 살았으니 때로는 속초를 다 안다고 만용을 부리기도 했지요. 그런데 그 첫해에 교통사고로 중상을 입고 시청 앞 바닷가에 위치한 개인종합병원에서 병상 생활을 했는데 한 발도 걷지 못하는 병실에서 바닷가 등대를 바라보며 힘차게 오고 가는 이들의 걷는 모습이 얼마나 부러웠는지 지금도 선연합니다. 넉 달 만에 퇴원하던 날은 벚꽃이 눈처럼 쏟아지는데 목우재를 넘어 설악산 입구에 낮게 드리운 벚나무 아래에서 목발에 의지한 채 벚꽃 한 송이 한 송이를 얼굴에 비비며 새로 태어나 살아 있음을 확인했던 봄날도 있었습니다.

사택이 영랑호 가까운 동향 아파트 고층이다 보니 자동으로 속초 앞바다에서 불끈 솟아오르는 일출을 일상으로 맞으며 아침을 열고 매일 걷는 다리운동을 위해 찰랑대는 영랑호 변을 산책하노라면 은백의 머리카락을 날리며 걷는 노부부를 만나기도 했는데 할아버지는 할머니를 물가 안쪽으로 호위하며 챙기는 노년의 부부 모습이 너무도 아름다워 가슴 뭉클한 순간도 있었습니다. 목발을 짚고 찾아간 신선봉

수 바위 아래 금강산 말사인 화암사 란야원은 내 영혼과 육신의 치유의 근원지였는데 숨어 앉은 하이밸리에서 계곡을 따라 잔잔한 산비탈을 타고 오르면 너무도 고즈넉하고 아름답고 청량한 화암사 란야원 찻집이 있었습니다. 주인 보살님이 따라주는 송화 밀차 한 잔 마시면서 아스라이 조망되는 속초 시내와 바다의 풍경은 일품이었습니다. 묻혀 있는 비경이 처처에 깔려있는 속초를 외지에서 오는 직장동료와 지인들을 가이드하며 해설사 노릇까지 톡톡히 해낼 때 놀라고 감탄하며 즐거워하는 그들 모습을 보면서 진짜 속초시민인 양 괜히 으쓱해지기도 했었습니다.

어느 날 설악산에 들어서니 그 붐비던 대 관광지가 오직 나 하나만 전세를 낸 듯한 순간에 축복과 텅빈 공간의 두려움이 교차하면서 부처님 동상 앞 스피커 아래 홀로 앉아 듣는 불경 말씀들은 나를 향해 하는 소리 같아 묵상과 성찰로 피정을 하고 비선대에 올라 부침개 한 장 먹고 돌아오는 길은 참 행복한 날이기도 했습니다.

신이 내린 대자연 속에 인간의 생존에 필요한 모든 것을 갖춘 속초가 아니면 누릴 수 없는 특혜입니다. 그런데 참 아이러니한 인연이 있었습니다. 내가 살던 아파트 같은 동 옆 라인에 지금 문학의 중추 역할을 하는 권 시인이 살고 있었는데 전연 모르고 살다가 지난 세월을 유추해 보니 한 지붕 밑에서 살고 있었습니다. 그때 진작 알았더라면 내 속초살이는 더욱 풍성했을 듯싶습니다.

우리 사는 삶이 문학이고 문학은 곧 삶을 풀어놓는 예지와 서정의 결정체가 아니겠습니까. 속초의 아름다운 환경 속에서 나의 작품 '화암사 란야원' 수필이 탄생해 문학상을 받았고, 또 나의 안내로 그곳을 방문한 S 시인은 그 찻집 '송화밀차'로 작품상을 받았으니 속초는 곧 문학의 산실이 아니고 무엇이겠습니까. 잠시 동안 머물다 떠난 이들에게도 이처럼 서정적 감동을 주었을진대 태를 가르고 긴 세월을 속초의 대자연과 함께한 갈뫼 가족들은 작품 소재의 보고인 축복의 산. 바다. 강. 호수에서 캐어낸 주옥같은 문학 오십 년의 뿌리들이 얼마나 깊고 크고 아름답겠습니까. 오십 년 역사 속에 어찌 애환이야 없겠으랴만 칡넝쿨처럼 질기고 뿌리 깊게 산을 덮으며 영원히 뻗어나가는 '갈뫼'의 50집 출간에 다시 한번 찬사와 박수갈채를 보냅니다. 설악의 크고 작은 준봉들이 묵언으로 저마다의 자태와 색깔로 모여 설악의 위용을 드러내듯이 동인들의 창의적인 안목과 끊임없는 정진으로 '갈뫼'의 혼을 세상에 더욱 우뚝 세우시기를 간절히 소망하며 다시 한번 설악 문우회 〈갈뫼〉 50집 출간을 진심으로 축하드립니다.

강릉 가는 길

강릉 가는 길, 내 유년의 강릉 가는 길은 오장육부가 다 뒤집혀야 했습니다. 구슬 같은 시내가 흐르던 청정구역 옥계에서 태어나 외갓집이 있는 강릉 가는 길은 일 년에 한두 번씩 방학 때마다 버스를 타고 꼬박 두 시간이 소요되는데 비포장에 마치 보일러 선처럼 구불구불한 밤재 굴 입구에서부터 차멀미는 시작되어 위액까지 토해낸 후 강릉 박월리 외갓집을 가기 위해 운산에서 내리면 거의 탈진 상태가 되어 땅에 주저앉아 한 참 진정해야 했습니다. 이런 현상은 병설중학교를 들어가서도 계속되다가 영동선 기차 개통과 함께 끝났습니다. 외갓집에 갈 때는 버선발로 버덩까지 뛰어나와 반겨 주던 외갓집 식구들이 있어 고통도 잊을 수 있었지만, 하숙생이던 어린 중학 시절은 집 생각에 멀미의 여운이 길었는데 저녁이면 반짝하고 켜지던 열 세 촉 백열등이 걸어 가 주었습니다. 유학을 온 어린 시골 소녀의 눈엔 학교 이층 콘크리트 건물이 어찌 그리도 크게 보였고 뽑혀 온 동급 반 친구들은 모두 예쁘고 똑똑했으며 특히 국어 과목 담당은 옆 반 담임이셨던 원영동 선생님이셨는데 노트 필기할 때도 규격이 있었습니다. 각 문단 첫머리에 그려져 있는 컷까지 정교하게 그려 넣어야 하고 글씨도 인쇄 활자처럼 써야 해 잉크도 정선되게 골라 펜촉으로 정성을 다해 정리해 놓은 노트를 아버지가 보시더니 내 필적은 외탁을 했다시며 칭찬했습니다. 작은 외할아버지가 서예의 대가라 하신 말씀인데 실은 학급 전체가 그렇게 노트 정리를 해야 했습니다. 선생님은 책을 읽을 때도 대화가 있는 대목에서 그냥 밋밋하게 책 읽는 톤으로 읽으면 덜덜덜 하시며 음의 높낮이(옴보)를 넣어서 "장에 났더라! 노루 고기다!" 마치 장을 봐 온 후 얘기하듯이 선창을 하셔서 너무 낯설고 웃음이 나와 웃으면 급하게 덜덜덜 야단을 치셨습니다. 그래서 선생님 별명이 원 덜덜이었습니다. 학교는 명문답게 학구열이 높아 윗 학년 선배들은 시험을 볼 때마다 복도에 점수 석차까지 공개되었는데 지금 고문으로 계신 김 선배님은 성적이 특출해서 후배들에게 수재로 통했고 역시 고문으로 계신 갈 선배님은 우수한 역할도 있었지만, 성이 독특하여 더욱 기억에 남았고 엄 선배님은 웅변대회에 나가면 상을 모조리 타는 등 벌써 그때부터 이름을 올렸던 분들입니다. 그러다가 사범학교 폐쇄로 여학생들은 강릉여중으로 편입하는 비운을 맞고 병설 중학교는 영원히 역사 속에 묻혀버렸습니다. 강릉여고를 졸업하고 관동대학교를 들어가 보니 병중 선배님으로 명성이 있던 엄 교수님이 학교 신문사를 주간하심에 일찍이 문학이라는 재능의 길로 들어섰음을 어렴풋이 인지하며 반갑고 든든했습니다. 그때 교양학부 국어를 담당하셨던 최승순 교수님은 어느 날 리포트로 글 한 편씩을 주문하셨는데 이런 선견지명도 있을까, 며칠 전에 오전 첫 강의가 끝나고 오후 강의는 마지막 수업이라 빼먹고 하교하는 길이었는데 장날이었는지 구정면 여찬리 주민들이 장거리를 이고 지고 가는 길과 합류하게 되었습니다. 그들이 나누는 대화들이 너무 재미있어 단상을 적어 놓은 글을 제출했더니 그 작품을 보시고 교수님들 앞에서 극찬을 해 주셨습니다. 그때까지도 내가 문학에 소질이 있다는 것도 몰랐고 다만 뭔가 조금 다른 것을 보고 듣고 느끼노라면 관심을 두고 일기장에 적어 두었을 뿐이고 문학은 어느 특정한 분들만 하는 세계인 줄 알았습니다. 학교에서 신문사를 주간하던 엄 교수님이 창간지에 신는다고 작품을 내라고 해 시 한 편을 실은 기억이 납니다. 등단이 무슨 의미인 줄도 모르던 시절 누군가가 문학의 길로 이끌어 주었다면 아주 일찍 그 길에 들어섰을 것입니다. 세월은 그렇게 흘러 등단하기 전 이 천년도부터 동인지 공저를 내기 시작하다가 등단을 한 후 꾸준히 지역 문인회와 중앙지에 작품을 내며 활동하던 중에 와해 되어 삼 년 동안 방치되었던 춘천 여성문학회를 맡아 다시 세웠고 이년 임기가 끝난 바로 그다음 해 역시 위기에 처한 강원 여성 문학인회를 맡아 회원들의 단합과 문학증진과 활성화의 길에 매진하고 있던중 오늘, 중,고등학교 선배이시고 강릉 가는 길 편집주간이신 손 선배님을 만나 초대되어 이처럼 강릉 가는 길을 조명하며 회상하게 됨을 기쁘게 생각합니다. 그 길에 들어 살펴보니 귀에 익고 눈에 익은 이름들이 반가움으로 와 닿는 이 시간, 신앙과 타고나신 품성으로 너무도 맑은 이성교 원로 시인님은 고교 학창 시절을 저의 작은 외갓집에서 보내시며 늘 시심에 박월리를 잊지 않으시곤 하셨는데 저와는 그렇게 가슴으로 만난 외삼촌이십니다. 동국대학교에 재직 중이신 김 교수님은 저의 남편과는 죽마고우로 특별한 우정을 나누는 사이이며 또한 강원 여성 문학인회의 고문이신 이 시인님과 여러 회원님들의 이름도 더욱 살갑게 다가서며 마치 다람쥐가 떡갈나무 숲을 헤치는 오솔길 같은 정겨운 길, 강릉 가는 길입니다. 비경의 헌화로에 흰 파도 부서지고 해당화 곱게 물들던 유년의 바다와 해송 숲의 옥계면 금진리에 깃을 품은 한국여성수련원이 있습니다. 지난 칠월, 그 안에 마련된 공간에 강원 여성문학인의 발자취를 모은 서고를 꾸미고 문집 창간호부터 현재까지의 문집과 전 회원들의 출간 서적 이백여 권을 진열하고 현판식을 마친 후 수련원과 함께 성인지 감수성 향상 워크숍에서 주제 발표와 토론으로 세미나를 열었고 또 살포시 안기는 밤바다 해풍 속에서 시 낭송과 친교의 밤을 가졌는데 태를 묻고 서정을 길러낸 고향 땅에서 리더가되어 이런 행사를 주도할 수 있었음은 우연이라기보다는 허공 어딘가에 보이지 않는 분께서 내게 특별히 내린 필연이 아니었을까 할 정도로 감회가 남달랐습니다.

문학은 삶이고 삶이 곧 문학임에 이제 먼 길 돌아 여기서 보니 원 영동 스승님이 뿌리신 그 소소한 일상의 정서와 문학정신 안에서 다양한 제자들과 그 인연의 강릉 출신 엘리트들이 가진 달란트들을 국가와 사회와 이웃을 위해 쓰시다가 저물녘 향기롭게 고향을 위해 쓰며 손잡고 가는 강릉 가는 길이 참 뿌듯하고 행복해 보입니다. 제가 지금 이렇게 글로 잠시나마 함께 이 길을 걸을 수 있음은 그 스승님이 키우시던 그 나무의 아주 작은 떡 잎파리 한쪽이 오늘의 나를 있게 한 듯싶어 더욱 감회가 새롭습니다. 이제 나의 강릉 가는 길은 유년의 그 지독한 차멀미 길이 아니라 세계에서도 가장 잘 닦여진 고속도로와 떼제베 보다도 더 멋진 ktx를 타고 농축되고 풍요로운 가슴 안고 한달음에 달려가는 아름답고 정겨운 내 고향 강릉 가는 길입니다.

아, 그 아득한 시간
— 강릉여고 개교 80주년 축하 글

눈부시고 찬연한 강릉여고 개교 80주년!

우선 먼저 모교에 축하와 감사와 경의를 표하고 싶다.

돌아다보면 꿈결 같은데 교정을 떠난 세월 어언 반세기를 훌쩍 넘어 아득하다. 1964년. 여고 1학년이었던 우리는 교육정책의 전환을 맞는 격동의 시기였다. 그 당시엔 학교 명칭이 "강릉여자중·고등학교"였다. 학교의 상징처럼 히말야시타 나무가 수문장처럼 둘러싸인 교정 한 울타리 안에 중학교는 운동장 옆 단층 건물 교실이었고 고등학교는 북쪽 정문 앞 2층 건물이 교실이었다. 중학교 3학년 때 사범학교가 폐쇄되고 교육대학으로 바뀌는 바람에 강릉사범학교 병설 중학교 여학생들이 강릉여중 3학년으로 편입이 되어 세 개 반에서 다섯 개 반으로 편성되었고 다음 해 고등학교 1학년 우리 학년 때부터 세 개 반에서 네 개 반으로 편성되었다. 병설 중학교에서 편입해 온 학생들은 교복이며 학교생활이며 모두가 새롭게 바뀌어야 했다. 강릉여고 교복은 멋졌다. 그 일환으로 꽤 값나가는 골덴텍스 천으로 지은 손목 벨트와 허리 벨트도 잘록하게 멋을 내고 흰 카라에 녹말가루 풀을 빳빳이 먹여 다리미질해 갈아입은 모습은 단발머리 여학생들의 위상이요 표상이었다. 그렇게 준비하고 3월에 여고 1학년에 입학한 우리에게 몇 개월 후 간호 고등학교가 창설 개교하여 신입생을 모집하게 되었다. 입학 시기가 조금 지난 지라 현재 1학년 재학생도 재시험을 칠 수 있는 자격이 주어졌고 간호 고등학교는 학비 없이 전원 기숙사 생활로 졸업 후엔 바로 취업 혜택이 부여되어 학비가 조금 부담스럽고 실력이 되는 학생들이 옮겨 갔는데 그 친구들이 졸업 후 박정희 대통령 시대에 독일 광부. 간호사 파독 일호로 대한민국의 역사를 바꾼 역군들이었다. 하여 다소 어수선한 시간이 흐른 후 여고 생활이 시작되었다. 연중행사로 체육대회와 교내 합창대회가 열릴 때면 수업 후 연습으로 늦은 귀가 시간이 되곤 했다. 무거운 책가방을 들고 보통 삼십 분 이상은 걸어 다니며 등교했으니 그때의 근육운동으로 오늘의 건강을 유지하며 생활하는지도 모른다. 합창곡은 대략 수준 높았다. "호프만의 뱃노래" "후니쿠니 후니쿨라"를 반주 지휘를 반별로 맡아 하고 시상하는 대회였는데 사실 그 시절엔 한 반에 피아노를 치는 학생이 대여섯 명 미만이었고 대학 진학도 많지 않았던 시절이었다.

미혼인 음악 여선생님은 "수선화" 노래를 개사해 가끔 격조 높고 애잔하게 불렀는데 참새들 입방아는 마침 그 선생님이 연애에 실패한 낌새를 알아차리고 재잘재잘 뒷담화 꺼리기도 했다. 종례 시간 이후에는 청소 시간이었다. 수업을 모두 끝낸 여백의 시간에 복도에 늘어서 청소할 기미는 없이 떠들기만 하는 소녀들을 향해 상업과목을 담당했던 키 크고 장난끼 많은 장 선생님은 "이누므 지즈바들! 떠들기만 하고 빨리 청소 안 하나!"하고 소리를 지르면 겁내기는커녕 유머러스하고 더 친근감이 느껴지는 정감에 깔깔대는 소리는 더욱 난장판이 되곤 했다. 국어 선생님은 아주 단아하게 생긴 윤명 선생님이셨는데 수업 시간엔 국어책에 실린 시詩 들을 시간 안에 외우게 하셨다. 외운 사람에게는 국어 과목 점수에 +점을 주셨는데 나는 그때 외운 청마 유치환 시인님의 <봄 신>이라는 시를 지금도 애송시로 간직하고 있으며 국어 선생님은 알고 보니 시인 선생님이셨다. 수준 높은 스승들의 가르침을 승화시켜 언제 어디에서나 신이 주신 달란트를 유감없이 발휘하며 강여인의 긍지와 자부심으로 삶을 풍요롭게 살아올 수 있지 않았나 싶다.

1학년 때 가을 체육대회가 열리는 날이었다. 체육대회가 열리는 날과 신체검사가 있는 날은 독신 여자 체육 선생님이신 심 선생님의 진두지휘하에 뜨거운 햇볕이 싫어 교실로 스며든 미꾸라지들을 운동장으로 쫓아내곤 했다. 전교생이 교실에다 교복을 다 벗어놓고 하얀 체육복으로 갈아입고 하루를 지내는 날인데 모든 행사가 끝나고 옷을 갈아입으려 하자 내가 벗어놓은 내 자리에 교복이 없었고 교실 전체를 다 찾아봐도 없었다. 바로 옆 반 친구 교복도 없어졌는데 두 사람 다 교복이 아주 정갈했다. 교무실에 보고가 되었고 마침 담임 선생님은 첫 발령을 받은 순진함이 도난 사건에 무척 당황하고 있었다. 두 사람은 체육복 차림으로 귀가했고 그다음 날부터 사복 차림으로 등교하게 되었다. 그때는 아침 등교 시 교문에서 학생지도부가 완장을 차고 용의 복장 점검을 했었는데 사연을 들은 지도부는 면죄부를 주었다. 조금 튀는 아이들은 일부러 사복을 하고 극장이나 학생 출입 금지 구역을 찾아들다 잡히기도 한다는데 교과서 같았던 위인은 교복을 입지 않으면 한 발자국도 나가지 못했다. 사실 교복을 잃은 것은 내 안의 혼을 잃은 기분이었다. 외양은 그 사람의 인격이기도 하다. 그 후 2

개월이 지나 내게 돌아온 교복은 말짱했고 나를 도로 찾은 기분이었으며 없어 봐야 귀중함을 안다는 진리를 깨우쳐주는 한 사건이었다. 도둑이 돈이 될만한 깨끗한 교복을 택해 훔쳐 팔려고 거래를 트던 중에 경찰과 공조한 포위망에 걸려 잡힌 것이다. 다시 찾아온 내 옷은 남이 갖지 못한 특이한 추억을 남기기도 했다. 돌아다 보니 그 옛날 선배님들은 강릉 공군 비행장에서 유래한 저 유명한 실화 영화 '빨간 마후라'의 산 주역들이기도 했고 여성의 진선미를 가르는 역대 미스 강원으로 많이 선발되어 강여인의 미를 한껏 고취시켰으며 또한 각처에서 다양하게 공공기관이나 법률, 경제, 사회, 문화예술, 교육계에서 두각을 나타내며 중추적 역할을 해내는 선후배들을 보면서 모교에 대한 긍지와 자부심으로 충만해지는 작금이다. 역사는 지나온 시간과 추억과 삶에 대한 가장 완벽한 해설서다. 이끼 낀 세월은 그렇게 흘러 학교 정문도 북향에서 동향으로 이전되었고 수많은 졸업생들의 상징적인 기억으로 남아 있던 히말야시타 고목들도 다 베어져 깊은 세월의 흔적을 직시했다. "순결. 협화. 근면"의 아나로그 교훈 시대가 가고 개교 80주년을 맞이하는 디지털 시대의 오늘, "자유롭게 꿈꾸고, 자주적으로 배우며, 창의적으로 미래를 가꾸자"라는 새로운 교훈으로 모교의 꿈과 희망의 닻을 높이 들어 올렸다.

"꿈"은 꾸는 사람의 것이며 세월의 여유도 있고 내가 하고 싶은 일이 가능할 때 갖는 것이라지만 그 가능성은 늦지 않으며 주어진 환경과 시간이 꿈을 많이 좌우한다. "배움"에는 잊지 말아야 할 것이 있는데 때로는 무엇을 하는 것보다 하지 않는 것이 중요할 때도 있어 가려볼 혜안이 필요하다.

"미래"는 오직 까치발을 들고 더 멀리, 더 높은 것을 꿈꾸며 앞으로 나아가는 자의 것이라고 한다. 모교의 자유롭고 참신한 새로운 교훈을 보며 지나간 80년의 역사와 미래에 대한 희망을 본다. 희망은 우리가 삶에서 누리는 제일 값지고 멋진 축복이기 때문이다.

"빛내라! 간직하라! 높은 네 뜻을 떨쳐라, 우리 강여! 대한의 딸아!"

나의 모교 강릉여고여! 꿈과 배움과 미래를 향해 영원히 찬란하게 전진하라!

발간사

— 강원여성문집 제17호를 내면서

　살아오면서 한 번도 경험해 보지 못한 세상이 도래하고 코로나 때문에 힘들었다지만 외형적으로는 지구는 웃었다고 합니다. 그러고 보면 하루에 일만 칠천 가지 생각을 한다는 인간들의 절제 없이 토해내는 욕심과 욕망으로 인해 더욱 힘들게 살아가는 세상이 아닐까 생각됩니다. 올 한 해 동안 우리들은 시도해 보지 못했던 행사들로 즐겁고 유익한 시간 속에서 우정을 더욱 돈독하게 다질 수 있었습니다. 유월에 실시한 삼척지역 역사 문학기행은 글쓰기 동기유발의 기회로 충분했고 이어서 지난 칠월, 강릉시 옥계면에 소재한 한국여성수련원에 강원 여성문학인들의 서고(도서실)를 마련한 일은 참으로 획기적인 행사가 아닐 수 없습니다. 한국여성수련원의 배려로 저희들의 역사적인 문집, 창간호부터 제16집까지의 열여섯 권과 회원님들의 출간 서적 이백여 권을 수장하고 현판식을 거행한 후 일박이일 동안 "성인지감수성과 문학인"의 주제 발표와 토론의 장도 열었는데 도내 각지에서 모인 회원들의 유례없는 참여 속에 수려한 주변 환경이 주는 환상의 야외 해변 시 낭송의 밤은 두고두고 아름다운 추억으로 남을 것입니다. 또 우리 회원들이 끊임없이 엮어내는 출간 서적들은 해마다 서고를 가득 채워 갈 것입니다. 또한 원주의 〈숲의 예술〉서점 안엔 우리 회원들의 출간 서적들을 판매하는 서고도 마련되어 있어 그 일환으로 유튜브 영상 촬영을 해 출간한 작가들을 소개하며 독자들을 만나보는 독특한 기회도 가졌습니다.

코로나로 인해 각종 행사가 무산되는 현실 속에서도 무리 없이 계획된 행사들을 성황리에 진행하고 마칠 수 있었음은 회원들이 흔들림 없이 자기 자리를 지켜둔 단합된 힘과 행운이 함께 한 결과물이었습니다. 그 저력으로 알알이 심어 놓았던 옥고들을 거의 빠짐없이 보내주셔서 이렇게 우리들의 얼굴인 17집을 의연하게 세상에 내놓게 되어 너무 자랑스럽습니다.

글을 쓴다는 것은 보상심리를 승화시키는 지혜라고 합니다. 우리 강원 여성문학인들은 유익을 위해 써먹는 문학이 아니라 꿰어 놓는 시어들이 언행일치가 되는 책임 있는 글들로 세상을 정화 시키고 위로와 희망을 주는 맑고 향기로운 문학인들이 되어야겠습니다. 리더는 변화를 일으키는 사람이라고 합니다. "문집은 잡지다! 독자들의 눈을 번쩍 뜨이게 하라"던 조언이 기억나 올해에는 예년에 볼 수 없었던 변화를 시도해 보았습니다.

창간호에 딱 한 번 게재되었던 도지사와 한국예총 강원도연합회장<축하의 글>을 다시 복원하였고 때마침 찾아드는 특별 대담도 실어 보았습니다.

특별히 강원도 여성 문학인들을 위해 역동적인 <축시>로 힘을 실어 주신 한국 문학의 거목이신 신달자 시인님과 <축하의 글>에 흔쾌히 응해 주신 최문순 강원도지사님과 이재한 한국예총 강원도연합회장님께 고개 숙여 감사드립니다. 또 <특집대담>에 응해 주신 한국여성수련원

고창영 원장님과 이 문집이 나올 수 있도록 재정지원을 해 주신 강원 문화재단에 깊이 감사드립니다.

문학상 대상 수상하신 송 시인님과 우수상 수상하신 유 시인님께 다시 한번 축하드리고 문집을 멋지게 만들어 주신 태원출판사 대표님 고맙습니다.

어느 때보다도 힘겹고 어려운 자리에서 함께하여 힘이 되어 준 임원진에게 진심으로 감사드립니다. 사랑하는 강원 여성문학인 회원 여러분!

따뜻한 가슴으로 협조와 격려를 아끼시지 않았던 그 사랑들, 깊이 간직하겠습니다. 감사합니다!

생태환경을 지키는 핵심

　인간의 무분별한 탐욕의 결과로 심각한 기후 위기를 맞이하고 있는 오늘날,

　인간은 지구 안에서 다른 모든 피조물들과 더불어 살아가는 존재이며 하느님은 모든 것을 인간을 위하여 만드셨음은 물론 당신의 아드님마저도 내어주셨는데 교만한 인간들은 자신을 드높은 존재로 들어높이며 무엇이든 마음대로 해도 된다고 생각된다면 어리석은 죄악으로 빠져들게 될 것이다.

　우리가 몸을 쓰지 않고 편하게 살려고만 하면 지구는 그만큼 아프고 망가진다는 사실과 지금의 편리함이 미래의 시간을 빼앗는다는 사실을 알아야 한다.

　무슨 대안이 있어 일회용품 사용을 줄이는 것이 아니다. 사용하지 않는 그 순간 다른 방법들이 생겨나기에 끊어 버리는 결단이 중요하다.

　또한 폐쓰레기 될 요인들을 생산해 내지 않으면 된다. 인간들의 편안함을 추구하는 틈새를 타고 오로지 돈벌이로만 생각하고 끝도 없이 편안함만을 위한 생산을 해대는 유혹에 그 누구도 거부할 용기를 가지고 있지 않는 작금의 너와 내가 바로 지구를 망가뜨리는 요인이다. 이러한 인간의 끝없는 욕망과 욕심 때문에 함께 공생해야 할 동식물들

이 죽어가고 있다. 모든 생물은 번식을 막는 게 어렵지 번식하게 하는 건 쉽다고 한다. 전 인구적 관점에서 인구는 줄여야 한다. 교통난 주택난 물 부족은 모두 인구과밀에서 비롯되어 지구가 포화상태에서 오는 재난들이라고 어느 생태학자는 일갈했다. 오죽하면 출생률을 끌어올리는 전략은 지구로서는 재앙이고 딜레마라고 보았을까. 생물 다양성의 불균형을 바로 잡지 않으면 코로나 사태는 계속 반복될 것이고 국민의 70-80%가 백신접종에 동참해야 집단 면역 효과가 있는 것처럼 인류의 70-80%가 자연을 살리는 에코백신<생태백신>을 실천해야 생태계가 복원되고 지구의 수명을 늘릴 수 있으며 그럴 때 자연의 회복력은 생각보다 강해서 조만간 노력하면 복원할 수 있다고 한다. 우리는 코로나가 한창 번식하던 한 삼년 동안 인간들이 활동을 멈추니 푸른 하늘을 보았고 이는 자연이 제 모습을 보여준 것이며 자연이 회복하는 속도가 예상보다 굉장히 빠른데 그동안 환경학자들이 지구의 망가지는 과정은 열심히 기록했는데 모두가 노력하면 자연이 되돌아오는 과정은 기록도 없이 "한번 망가지면 끝이야!"라는 포기를 너무 쉽게 한 요인도 있다고 한다. 그랬기에 어쩌면 조금만 더 깊이 통찰하고 헤아리고 실천한다면 희망의 증거를 찾을 수 있을지 모른다.

저마다 고유한 선과 완전성을 지니고 있고 고유한 방법으로 하느님의 무한한 지혜와 피조물 각자가 가진 무수한 다양성과 차별성 가운데 서로 조화를 이루며 아름다움을 우리에게 보여주기 때문에 우리는 그 어떤 피조물도 말못하고 저항할 줄 모른다고 무시하고 존중하지 않고 보호하지 않고 무질서하게 이용하지 말아야 하는 이유이다. 지금이라도 늦지 않았다. 생태학자들의 철저한 관찰과 학문과 모든 지구인들이 현재의 재앙 같은 지구온난화에 경각심을 가지고 편함보다는 환경오염을 염려하고 물질만능의 욕심에서 벗어나고 함께 공유하며 탄소중립을 실천하며 새로운 지구의 미래를 열어갈 때 달아올랐던 지구도 화를 풀 것이고 우리 자손들도 마음 놓고 먹고 마시고 누리며 만대까지 따사로운 지구 안에서 손잡고 살아갈 수 있을 것이다. 사실 살 만큼 산 우리야 숨 멎을 때까지 살다 가면 되지만 철없고 죄 없는 어린 자손들의 뛰노는 모습을 보면서 미래를 생각할 때 무척 연민이 앞섰다. 이미 늦은 것 같고 탄소중립을 실천하기 어려울 것 같지만 모두가 일상 안에서 작은 노력으로 충분히 실천할 수 있다고 확신하며 그러할 때 더 나은 지구와 삶의 터전을 만들어갈 수 있을 것이며 우리의 삶 속에서 "주님이 보시기에 참 좋았다!"라는 주님의 음성을 들을 수 있을 것이다.

물을 사용하는 총량을 나타내는 95%의 물 발자국을 살펴보면 95%의 물 발자국은 우리가 먹는 음식, 사용하는 에너지, 활용하는 제품 및 서비스에 속한다. 햄버거 한 개를 만들고 배달하는 데 천 팔백 리터의 물이 필요하고 커피 한잔을 생산하기 위해서는 이백 리터만큼의 물이 사용된다고 한다. 티셔츠 한 장을 만들기 위해 이천오백 리터의 물이 사용되는데 이는 화장실 변기 물을 일 백번 내리는 만큼의 양이라고 한다. 이처럼 생활 속에서 낭비되는 물의 양은 상상을 초월해 이는 생활 습관과도 직결된다. 우리는 그 옛날 서구인들이 마실 물을 사 먹는다고 했을 때 눈을 크게 뜨고 의아해했으며 일회용품 폐비닐 없이도 너무 잘 살아왔다. 없으면 없는 대로 불편하고 힘든 대로 다 살아가게 마련이다. 모두가 삶의 태도와 습관이다. 어려움 불편 없이 어떻게 맑고 밝은 지구를 소유할 수 있겠는가. 나는 내 시골집에서 넓디넓은 흙마당에 뒷박으로 돋아나는 풀과 씨름하며 지낸다. 편하고 쉽게 살자면 콘크리트나 석조를 깔아버리면 세상 편하겠지만 자연이 주는 풀내음 흙냄새가 좋아 오늘도 쭈그리고 앉아 자연과 대화를 나누고 이른 아침 싸리 마당 비로 흙 마당 한번 쓸어 내면 훤해지는 그 모습 바라보는 그 기분은 생태의 보고이다. 마당 가장자리에 마련된 야옹이의 밥 먹는 모습도 보이지 않는 세포의 에너지가 된다. 사료가 아니라 먹고 남은 걸쭉한 음식물이 버려지는 게 늘 죄스러웠는데 어느 날 찾아 든 들고양이들과 함께 나누며 상생하는 것이다. 모든 것은 마음먹기 나름이다. 요즘 각 성당들은 교구 차원에서 지속가능한 삶의 실천을 위해 환경 회복 기여의 일환으로 칠년 여정을 발표하고 수립하기에 박차를 가하고 있다. 무공해 비누, 세제 및 삼베 실로 짠 수세미 등을 신자들이 손수 짜고 만들어 팔며 일조하고 있다. 그런데 그 칠 년 여정 계획 가운데 한 가지가 각 성당 지붕에다 태양광 설치라는 대목이 있었다. 너무 놀라워 그것만은 안 되는 이유를 조목조목 지적해서 주교님께 탄원서를 올린 바 있다. 진정한 소회를 보내 드렸더니 답을 주셨고 그래서인지 어찌 됐거나 성당 지붕들이 원형 그대로 깨끗하게 살아남아 있으니 다행한 일이 아닐 수 없다. 가끔 공정한 분노는 세상을 바꾸기도 한다. 가급적 자연을 손대지 않고 뭔가를 만들어 내지도 말고 있는 그대로 두고 우리의 일상을 좀 불편한 것이 있더라도 그 안에서 가꾸어 내고 유지하는 게 생태환경을 지키는 핵심이 아닐까 한다.

여성 의병장 윤희순

   우리나라 여성 의병장 1호인 윤희순 의병장을 대하고 앉으니 나도 모르게 절로 힘과 기개가 살아나고 또한 평화로운 세상에서 잠시 잠시라도 국가의 존귀함을 잊고 오늘날 누리는 평화가 저절로 주어진 듯 살아가고 있는 근간의 세상을 한번 돌아보게 되는 순간이다.

   위대한 나라 사랑과 겨레 사랑 정신으로 일생을 살아온 해주 윤씨 윤희순(1860~1935) 의사는 중종반정 정국공신 윤 희명의 후손 윤 익상과 덕수 장씨의 맏딸로 구리시 수택동 검배마을에서 태어났는데 어려서부터 총명하고 효성이 지극하며 기개가 빼어났다. 장성하여서는 고흥 유씨 가문으로 1907년 후기 춘천의병대장으로 활약한 외당 유홍석의 큰아들 유제원과 혼인하였다.

   젊은 선비 유 제원은 어려서부터 총명하고 민첩하여 일곱 살 때에 글과 시를 지어 그를 따를이가 없도록 학문이 높은 큰선비였다고 한다. 의암 유인석 호좌의병대장과 함께 춘천 의병대장으로 활약한 외당 유홍석을 아버지로 두었고 선대 가문이 모두 구국 이념에 뿌리 깊은 시집에서 집안의 어려운 일들을 잘 처리하여 집안에서 칭찬이 자자했다고 한다. 윤 의사가 시집온 고흥 유씨 가문이 십칠 세기 이후 고흥 유씨 부학공조 파인 취휼 공 숙조상이 입향 한 후부터 대대로 살아왔던 곳으로 1882년 화서 학통을 계승한 성재 유 중교에 의하여 가정리에 가정 서사를 설립하여 화서 학풍으로 존화양이와 위정척사 운동의 사상적 발원지로 삼았던 곳이다. 윤희순 의병장은 우리의 역사교육은 미래를 예언하고 희망을 말하는 일이다. 그러므로 미래는 과거의 성찰로 더욱이 뚜렷해지며 희망은 현재의 실천에서 비롯된다. 이런 점에서 남녀 구별이 있을 수 없다며 "안 사람의 병가"를 비롯한 여덟 편의 의병가와 네 편의 경고문을 지어 여성과 청년들에게 일깨워준 「의병가사집」은 여성 독립운동가의 문집으로 희소성이 높고 윤희순의 삶은 그 자체로 참교육의 참모습이 아닐 수 없다.

  윤희순 의사의 의병 가사는 언문의 옛 한글체로서 직접 지어 불렀고 항일의식을 고취하도록 보급하던 의병 가를 기록으로 남겼다는 데 역사적 의미가 있으며 강원도 춘천 의병 초기에 있었던 유일한 의병 가로서 여성 의병 활동을 한 선비 아내의 작품으로서도 훌륭한 가치와 의병 정신을 고취하고 의병에 참여토록 독려하며 왜적에 대하여 경고. 규탄. 성토. 회유 등의 함축된 내용도 포함하고 있어 크나큰 역사적 의미를 찾을 수 있다. 윤희순 의사의 의병 가사는 순 한글로 작성된 최초의 의병 가사일 뿐만 아니라 최초의 여성의병대장으로서 지은 가사라는 점에서 문학사적 의의도 동시에 가지고 있다. 완벽하게 다듬어졌다고는 할 수 없으나 한문 어구 대신 순수 우리말을 주로 사용함으로써 진솔하고 친밀감을 느끼며 일반대중들을 감화시키고 계몽하는데 적합한 가사라고 할 수 있다. 의병대장께서 쓰신 안사람의 병가, 병정노래, 의병 군가, 신세타령, 의병 가 여덟 편 중 방어 장, 병신춘작, 왜놈 앞잡이들아! 등 자신의 의병에 대한 슬픔 및 한과 항일투쟁 선언과

일본에 대한 경고 규탄문과 애국심 고취 및 의병 활동 권유 격려문을 보면 기개와 충정과 효심뿐만이 아니라 문장력에도 남다른 잠재력을 발견할 수 있다.

　말년에까지 독립 활동에 매진하며 일본 경찰의 방화로 보존해 오던 선대 기록을 잃자 의병과 독립운동으로 일관된 자신과 가족사 행적을 낱낱이 기록으로 남기며 독립된 조국을 맞이하길 희망하였다. 할아버지 유홍석과 아버지 유제원 어머니 윤희순 삼대를 이어 가족이 독립운동에 투신하여 만주 지역 일대와 국내를 넘나들며 활동한 장남 유돈상이 일본 경찰의 잔혹한 고문 끝에 무순감옥을 나오면서 어머니 윤희순 품 안에서 숨을 거두며 순국한 모습은 마치 성모님이 십자가에 못 박혀 숨을 거두신 아들 예수님을 품에 안으신 모습과 똑같았다. 남편도 잃고 귀한 아들마저 잃어버린 의사께서는 자손에게 훈계하는 열여섯 가지의 훈계를 남기셨는데 그 훈계 하나하나는 윤 의사의 뚜렷한 국가관과 반듯하고 기개 서린 말씀들은 그가 지닌 타고난 품성과 조상과 가족에 대한 근본을 알리는 덕목이 환하게 들여다보였다.

　1935년 팔월 초하룻날 큰아들을 잃은 윤희순 의사께서는 의병장의 기개였지만 사랑하는 아들을 잃은 절망 앞에서는 심장을 도려내는 비통함으로 식음을 전폐한 지 열이틀 만에 절명하였다. 삼십 육세에 의병 활동에 투신하여 경기도. 충청도. 국회. 중국 만주 일대에서 사십 년의 생애를 일관되게 조국 사랑과 민족 독립을 향한 열망과 실천적 행동을 아끼지 않았던 진정한 애국 의병이었다.

　역사적으로 나라의 주권이 유린당하는 시국에서 한 선비 집안의 며느리, 아내, 어머니인 처지를 딛고 직접 현실 참여의 실천적 의지를 강하게 펼친 강원인의 얼과 춘천의 문화 지식과 나라 사랑과 겨레 사랑 정신을 대표하였던 근대 여성의 지도자요 행동하는 지성인이었던 윤희순 의병장의 얼과 정신을 이어받아 내 개인과 한 가정의 안위만 챙기는 범주에서 벗어나 나라를 두루 살피며 대한민국 여성 독립운동가를 대표하는 강원도 춘천의 윤희순 의사의 나라 사랑과 겨레 사랑을 몸소 실천했던 의지와 빼앗긴 나라를 되찾고자 했던 투지를 우리들은 후손으로서 잊지 말고 영원히 기억하고 간직해야 할 것이다.

혼란한 시국의 이 시대, 이 나라가 어떻게 세워진 나라인데 우리는 지금 환멸의 바다를 건너고 있다. 좋은 미래를 원하거든 역사를 기억해야 하고 선한 사람들이 아무 행동도 하지 않을 때 악이 승리한다. 진실이 신발을 신는 사이 거짓말이 세상의 절반을 달리는 세상에 살고 있는 작금이다.

심룡과 백자 콘텐츠

모처럼 백자의 도시 양구군과 도민일보가 함께 주체한 심룡과 백자에 관한 세미나가 양구군에서 문인들을 대상으로 개최되었었다. 그리 흔치 않은 도자기 장인을 배출한 지역의 역할이나 콘텐츠를 다른 지역과 차별화하여 세상에 내 놓고 유지 발전시킬 수 있는 다양한 방법을 찾는 기회의 장으로 마련한 시간이었다. 도자기 생산에서 가장 중요한 요소는 장인匠人이다.

일제 강점기 금강산 월출봉 석함에서 방산 사기장 심룡이라고 새겨진 백자가 발견되었다. 이는 조선왕조 개국을 앞둔 태조 이성계 지지자 일만여 명이 발원해 봉안한 태조 이성계 조선 건국 발원 사리 갖춤으로 양구에서 제작된 백자발이다. 이와같이 방산 사기장 심룡은 양구가 낳은 도자기 장인이었다.

조선백자 시원지 양구에서 육백여 년 전 그 유명한 백자 유물을 남긴 인물 심룡은 조선 개국 이후에는 공신이 되었다.

도자기 생산은 철저한 분업으로 이루어지는데 심룡은 사기장으로 어떤 역할을 했는지는 알 수 없다. 장인에 관한 짧은 기록이나 작품밖에 남아 있지 않지만 그들의 삶을 스토리 텔링해서 창의적인 사고와 작품 세계를 포함시킨다면 다른 지역과 차별화된 콘텐츠가 될 수 있을 것이다. 양구 백자는 이성계 발원 사리기를 바탕으로 발원이라는 의미를 담아 원하는 것들이 이루어지기를 바라는 마음을 바탕으로 형태와 문양과 쓰임을 개발하고 부각시켜 쓰임을 통해 원하는 일이 이루어졌다는 이미지를 만드는 것도 필요할 듯싶다.

양구 백자는 담백함이 특징이다. 명품박물관보다는 생활도자기 박물관이 더 필요하다. 양구 백자 박물관은 심룡이라는 작가를 바탕으로 한국 도자 사에 남아 있는 장인들을 아우르는 공간이 되어야 한다.

도자기를 만들던 장인의 삶과 작품을 체계적으로 수집해 많은 자료를 수집한 박물관으로 자리 잡는다면 이 또한 차별화될 것이다. 무엇인가가 달라야 관심의 대상이 될 수 있다. 양구에서 산출되는 천혜의 질 좋은 백토를 이용하여 주기적으로 워크샵을 개최하면서 지역민들과 관광객과 작가들이 만날 수 있는 계기를 만들어 주는 일도 중요하다. 그런 의미에서 이번 양구군과 도민일보가 마련한 세미나는 비록 백자 작가들은 아니지만 말과 글의 작가들이니 양구 백자를 알리는 데 부족함이 없는 시금석이 되었다고 본다. 전국적으로 자치단체를 중심으로 도자 축제와 박물관이 만들어지고 있는데 대부분 내용은 빈약하고 외형에 치중하다 보니 특성이 없어지곤 한다. 백자의 시원이자 거장 심룡을 낳은 양구가 백자의 전통을 찾는 작업이 아직 십년 밖에 되지 않았으니 앞으로 세부적인 작업들이 연관성을 가지고 추진된다면 가장 바람직하고 의미 있는 도예 도시가 될 것이라 믿고 바라고 기대하는 바이다.

봄의 기운으로 살아나는 언어의 잔치

신 달 자
(시인, 대한민국예술원 회원)

김계남의 글은 봄기운으로 가득하다. 새순이 돋고 바람이 쓰다듬고 연둣빛이 낭자한 자연의 리듬으로 출렁거린다. 더 자세히 읽으면 대상을 놓치지 않고 대면하고 쓰다듬고 사랑하는 한 여성의 따뜻한 마음이 엿보인다.

새순 돋는 봄이다가 초록 범벅으로 생명 절정을 보이는 여름이다가 숙연히 고개를 숙이는 가을 열매이다가 몸과 정신을 다 털어 내고 초연히 사색으로 드는 겨울의 철학이 모두 배어 있는 김계남의 글은 깊고 찬란하다.

　글을 읽노라면 글을 쓴 사람의 인간미가 흘러내린다. 김 작가는 어딘가 어색한 말투와 어색한 웃음으로 다가오지만 한마디의 말도 한 번의 웃음도 저 깊은 마음 바닥에서 솟아오르는 인간적 풍요로움으로 가득하다.

　"진실"이라는 단어가 떠오른다. 조금은 서투른 그의 느낌에서 얻어 낸 것은 진실이었다.

　그것은 바로 진심이며 인간적 온정에서 피어오르는 그의 아름다운 본성이라고 생각된다. 그의 글은 이 세상과 사회와 사람들에게 하고 싶은 말을 견디고 참다가 드디어 글로 써낸 그의 진심목록이다. 어딘가 어색한 그의 부끄러움도 글에서는 힘을 받는다. 글은 아직도 젊고 초록의 봄기운이 출렁거린다.

　사랑이리라, 그냥 지나치지 않고 바라보고 마음으로 만나는 사랑일 것이라고 생각한다. 그런 사랑이 결국 저 마음 밑바닥에 고인 말의 입자들을 부풀려 따뜻한 글로 태어나게 하는 것 아니겠는가.

　마치 복수초처럼 온몸의 눈과 얼음을 제 몸의 온기로 털어 내며 피어나는 꽃처럼 마음속에 일렁거리며 들끓는 속 깊은 말을 이 세상에 꺼내놓기 위해 모든 자신의 관습을 털어 내며 힘찬 글로 표현하고 있는 김계남의 글은 그래서 복수초처럼 놀랍고 힘 있고 아름다우며 존경스러운 것이 아니겠는가.

문원당에 가본 적이 있다. 그렇다. 문원당은 바로 김계남 작가였다. 소담스러운 한옥이 산 아래 고즈넉하게 자리 잡고 안도 화려하지 않으면서 안정적이었던 분위기를 기억한다. 창을 열고 밖을 내다보면 놀라운 풍경이 들어온다. 바로 대나무밭이다. 바람이 그들을 흔들어 푸른 물결을 이루고 대나무를 만난 바람은 조금 더 강한 몸짓으로 주변을 맴돌고 있는 듯했다.

집 앞에는 해당화가 피어 있었다. 대나무와 해당화는 어쩐지 어울리지 못할 것 같은데 이 집엔 상생이 저절로 이루어지는 땅인가 보다.

그것이 김계남 작가의 인간성이고 그의 작품들이 말하고자 하는 상생의 아름다움이다.

(검이불루 화이불치 檢而不陋 華而不侈)라 하지 않았던가. 검소하지만 누추하지 않고 화려하지만 사치스럽지 않은 이 귀한 말은 김계남에게 잘 어울리는 단어라고 생각된다.

사실 사람들은 제 마음인데 제 마음대로 살지 못한다. 그래서 예술은 다양한 모습으로 발전해 왔을 것이다. 마음대로 못 하는 그 마음을 그림으로 음악으로 그리고 글로 스스로 마음이라는 그 위대한 존재를 표현해 보고자 안간힘을 쓰는 것 아니겠는가.

김계남 작가도 그런 노력이 문장마다 배어 있으며 문장마다 그의 숨결이 고여있다. 누가 말했다 정원에 죽은 가지는 알아서 자르면서 마음의 죽은 가지는 알지 못하는 것이 사람이라고~.

김계남 작가는 마음의 죽은 가지를 알아 자르며 자르는 마음의 성찰과 스스로의 갈등을 잘 이겨 나가고 있는 것이다.

문학은 개인의 것이고 개인의 보이지 않는 마음으로부터 실현된다. 그러므로 가장 개인적인 것이 가장 창의적인 것이 아니겠는가. 글을 보면 김계남이 보이고 글을 보면 그의 마음의 선의가 뚜렷하게 보인다.

마음의 선의가 곧 그의 문학이며 사랑이며 종교의 한길을 걸어가는 작가의 신념이기도 할 것이다. 더러는 웃음도 허락하는 김계남의 수필에 미소를 금할 수 없다.

'나의 시계는 지금 만추이고 석양에 걸린 노을이다'

작품 「시계」의 끝부분이다. 아름다운 말이다. 평온한 말이다. 가슴과 눈이 있는 사람의 말이다. 만추는 미세하게 혹은 빠르게 흐르고 노을은 찰나에 사라지는 것이지만 그것을 바라보는 사람은 오래 머물 수 있을 것이다.

만추와 노을을 인식하는 정직한 성찰이 "오늘"을 정성으로 살아 가는 그의 인생관일 것이다.

축하라는 말의 백배로 이 글을 보낸다.

수필집 출간을 축하드립니다

김 산 춘
(신부 · 서강대 철학과 명예교수)

김계남 님의 네 번째 수필집 『익어가는 강』 출간을 우선 먼저 모든 분과 함께 진심으로 축하드립니다.

김계남 님과 만나게 된 인연은 오랫동안 한국 가톨릭 문인회 지도신부로 있으면서 행사에 임할 때마다 조우하며 남다른 교류를 하게 되었는데 그런 인연으로 어느 해 강릉 출장길에 김계남의 수필을 닮은 문원당을 만나게 되었지요. 강릉에서 속초로 가는 길에서 강릉시와 양양군 경계선인 화상천로에 들어서면 큰길 옆에 부끄러운 듯 대숲에 숨어 있는 한옥이 바로 그곳입니다.

그가 담아낸 글 속에는 자연을 닮은 모습들이 많습니다. 그가 생활하고 있는 주변 환경과 풍치가 서정을 풀어내고 청정한 글을 쓰지 않을 수 없도록 조화로웠습니다. 시골집 마당을 왕대나무와 적송들이 둘러싸고 있지요. 제가 방문했던 날은 마침 비가 내려서 방 안에서 툇마루를 넘어오는 빗소리를 들으며 오랜만에 잊었던 낙숫물 소리가 자장가 되어 혼곤한 낮잠에 들어보기도 했습니다. 김계남 님의 수필은 감자전 맛이 납니다.

오래전 횡성 싸리재 피정집에서 강원도 감자전을 처음 맛본 적이 있는데, 손수 강판에 갈아 지진 감자전은 입안에서 살살 녹아내리며 무미(無味)의 진미(眞味)를 맛보기 했던 그 맛입니다.

또한 그의 글 속에는 송이 향기가 납니다. 꼭꼭 숨어 있던 송이들이 하나씩 머리를 내밀면서 그 속살을 드러내면 채로 썬 후 꿀에 재워 차로 마시지요.

마실 때면 정성이 깃든 고마운 마음이 그대로 진한 향기가 되어오는 흐뭇한 전경이 스쳐집니다.

"대숲에서 참새들이 입당송을 부르고 개울 건넛집 낮닭이 목줄을 세우며 독서하는" 기상천외하고 특별한 문원당 미사에 언젠가 다시 한번 참례하고 싶습니다.

묵묵히 주님 주신 달란트를 묻어두지 않고 크게 키워 실어 낸 저력에 격려와 찬사를 보내며 네 번째 엮어진 수필집 "익어가는 강"은 점점 메말라 가는 세태에 한줄기 소낙비 같은 청량제가 되어 주기를 간절히 바라고 더욱 정진하여 다섯 번째 수필집 출간을 기대해 봅니다. 미에르바의 부엉이는 황혼이 깃들면 나래를 편다지요. 다시 한번 수필집 출간을 축하드립니다.